安徒生童話

Hans Andersen's Fairy Tales

漢斯·安徒生——著

蔡佩雯——譯

威廉·羅賓遜、艾德納·哈特、亞瑟·拉克姆——繪

晨星出版

世界童話大師

童話文學從屈居文學弱勢的非主流地位，到時至今日百家爭鳴的熱鬧景象，一路走來經歷了一段艱苦的歲月，才得以將流傳於民間的古老歌謠、民俗故事化為文字、集結成冊，成為兒童們珍貴的精神寶典。這些推動兒童文學地位的幕後功臣，首推十七世紀法國著名的童話作家夏爾・貝洛（一六二八—一七〇三），緊接著的是十八世紀集童話於大成的德國格林兄弟（一七八五—一八六三和一七八六—一八五九）。貝洛及格林兄弟將故事收集改寫的創舉，不僅為童話描繪了日後蓬勃發展的概貌，更帶動了世界性的民間童話研究風潮。

然而在格林兄弟之後，世界童話大師漢斯・克里斯欽・安徒生（一八〇五—一八七五）的出現卻更具有其劃時代的特殊意義。法國著名的歷史

▲漢斯・克里斯欽・安徒生

及文學評論家保羅・阿扎爾教授在他的名著《書・兒童・成人》中曾這樣推崇安徒生：「假設，藉著想像力的延伸，要我們在童話作家的王國之內選出一位王子的話，那麼，我的一票，毫無疑問的將不會落在拉丁國家，而是會投給丹麥童話作家漢斯・克里斯欽・安徒生。」

安徒生用盡一生心血從事丹麥文學的創作，他的作品種類廣泛，其中包括了詩、遊記、劇本和小說，雖說其中不乏為人稱讚的名著，然而最受世人矚目的仍是他那觸動無數兒童心靈的童話故事。在他一生當中總共完成了一百六十四篇童話故事，這其中包括了許多耳熟能詳的故事，如：〈醜小鴨〉、〈小美人魚〉、〈國王的新衣〉、以及〈賣火柴的小女孩〉

等等，他的童話被翻譯成一百多種語言版本，廣泛地流傳於世界各國，而安徒生筆下各個鮮明生動的角色也隨著故事的流傳，儼然成為孩子們心目中的「國際英雄」了。若想要勉人奮發向上，有誰不會提起醜小鴨蛻變成天鵝的艱辛困苦？若要探討愛的真諦，有誰不會想到小美人魚追尋真愛的勇氣以及她那犧牲奉獻的高貴情操呢？若要提起官僚的醜態與腐敗，有誰不會想起〈國王的新衣〉中那荒唐可笑的國王和大臣們呢？這就是安徒生留給世人最珍貴的禮物，無怪乎保羅．阿扎爾教授會認定他為「童話王子」，安徒生可謂當之無愧！

新童話時代的覺醒

童話的發展歷經了十七、十八世紀的黑暗時期，卻在一七八九到一七九四年法國發生了急遽的產業革命之後出現了轉機，產業革命使得理性主義思潮徹底瓦解，取而代之的是激情、浪漫的哲學思維，在這股勢如破竹的浪漫主義思想推波助瀾之下，新童話文學也因此得以成形並蓬勃發展。

由於浪漫主義作家崇拜自然，相信萬物皆有靈性，仙女、魔法、精靈等都成了作品中的角色，「想像」被奉為最高的創作原則，這種種特質皆與童話的精神不謀而合，而安徒生就是身處於這樣一個激情澎湃的文學氛圍之中，使得他的童話處處表現出如同浪漫詩人一般的筆法及風格。

安徒生不同於他人的偉大之處在於他不但是童話的收集者更是創作者，他結合了傳統童話的原貌及情節並融入了浪漫作家特有的個人情懷及生活經歷，使得他的童話跳脫了格林兄弟時期的外在形式，而展現了更多元、更深入人心的一面，也開創了「新童話」時代的來臨。安徒生不但崇拜自然，勇於追尋自我，更喜歡將親身的見聞及生活感想，藉由童話傳達給讀者。著名評論家歐比在研究安徒生童話時，也曾說道：「安徒生不像

▲漫畫家筆下的安徒生

格林兄弟單單只是從事於童話的重整及收集，他更將個人的人格特質融入故事之中，使它成為安徒生獨有的特色。」童話自安徒生之後已不再單單只是外在的娛樂性質，它更是帶領兒童進一步去探討人類心靈及尋求生命真諦的重要文學創作。

發現安徒生

安徒生的一生就像他筆下著名的〈醜小鴨〉一樣，從小嚐盡了各種辛酸苦痛，最後才得以綻放出耀眼的光芒，獲得童話史上永垂不朽的地位。

而這樣一位舉世聞名的的童話大師卻有著再平凡不過的出生背景。安徒生於一八〇五年誕生於丹麥一個荒涼的小海港「奧登賽」。父親是個生意清淡的補鞋匠，而母親則靠著為人洗衣服來貼補家用。一家人常為了求得溫飽而愁眉不展，安徒生就是在這樣貧困及孤獨的環境中度過他的童年。

由於一貧如洗的家境讓安徒生從小就失去求學的機會，但是安徒生的父親仍然對這唯一的兒子抱著極大的期望，並沒有放棄對兒子的啓蒙教育。為了讓安徒生也能培養一些文化素養，他特地為兒子布置了一個藝術的環境，並經常唸一些《一千零一夜》的故事和朗誦劇本中的章節來為兒子排解寂寞。安徒生在〈我的生活〉一文中曾經回憶道：「那僅有一間房間的屋子，便是我童年生活的所在，裡面滿是爸爸補鞋用的矮凳，甚至連我睡的地方，也是一張可以折疊的板凳。不過，房間四周都貼了畫，有的十分美麗，並且在一扇窗下，還有個書架，架上放了些書及歌本。」

這些故事及劇本啓發了小小安徒生，他變得更愛作夢，他常夢想著自己將來有天可以成為詩人，或是芭蕾舞者。因此當安徒生的父親在他十四歲時去世之後，他拒絕了母親要他成為一位學徒的要求，毅然決然地前往首都哥本哈根去追尋他的理想，這也是安徒生走出家庭，真正接觸廣大社會的第一步。然而由於衝動與無知，使得安徒生在這個花花都市不但沒能闖出一點名堂，還將自己弄得狼狽不堪，甚至連基本的生活都出了問題，更別提實現夢想了。

但安徒生始終不曾放棄任何可以成功的機會，他十七歲時，終於遇見了一位賞識他才華的大人物瓊斯．柯林，柯林將他送到學校去接受教育，安徒生這時體會到知識的重要，才開始奮發向學。二十三歲時，安徒生進了哥本哈根大學。這時的安徒生創作慾望非常強烈，他嘗試了各種文體的寫作，他寫詩、寫劇本、也寫散文和遊記。隔年，安徒生創作出版了一部

▲安徒生喜歡旅行，兩只舊皮箱、一隻黑傘和一條粗繩是他出門必帶的東西。

名為《阿馬格島漫遊記》的長篇幻想遊記，此書一出版即銷售一空，並獲得了空前的成功。雖然這不是一部寫作技巧非常成熟的作品，卻為當時暮氣沈沈的丹麥文學界帶來一股清流，也讓安徒生從此放棄了其他的夢想，專心於寫作的生涯。

一八三三年安徒生獲得了丹麥國王的一筆獎金，並決定將這筆錢用在旅遊上，他的足跡遍及了整個歐洲，這段旅遊的經驗不僅擴大了他的心胸及視野，也讓他為以後童話的寫作奠下了基礎。一八三五年，安徒生找到了最能表達他感情思想的文學形式，那就是童話，他也從此立志成為一個童話作家，而他的第一本童話集也在這時出版了，內容包括了四個故事：

▲位於奧登賽的安徒生的故居。

〈豌豆公主〉、〈小克勞斯和大克勞斯〉、〈打火匣〉、以及〈小依達的花〉，這部童話集的出版讓安徒生的名聲大噪。之後安徒生又陸續出版了兩冊童話集。安徒生在童話上的創作始終未曾間斷，終其一生，他為兒童們寫下了一百六十四篇童話故事，這些故事有些是他兒時所見所聞，有些則是依據他親身的經歷而進行的創作，不管如何，這位童話大師的腦中，彷彿總有著用之不竭的靈感。

安徒生在晚年獲頒奧登賽的榮譽市民獎，為他傳奇的一生做了光榮的結束。從一個貧困的小男孩到聞名國際的童話作家，安徒生走過一段艱辛漫長的旅途，最後終於蛻變為一隻美麗高貴的天鵝。在安徒生小時候，一位女占卜師曾經這樣預言過他的未來：「這個孩子將來成就非凡，有一天他將會像一隻大鳥一樣展翅高飛，而整個奧登賽將會點亮全城的燈火照耀著他。」這個預言終於實現了。

為兒童說故事的高手

浪漫作家強調「童年想像」與「自我追尋」的創作方式，也讓深受浪漫思潮影響的安徒生具有這樣的特質。由於出生於貧窮的下層社會，安徒生深深瞭解到丹麥窮人家的孩子有多麼的寂寞，他們失去了上學的機會，沒有玩具和朋友，就像是他自己的童年一樣。因此，如果說他真的可以為孩子做些什麼以帶來歡笑，那就是他那一則則美麗的童話了，透過安徒生的雙眼，他帶領著兒童們馳騁於無限的想像空間，並教導他們去珍惜、熱愛這個世界，在安徒生的童話世界裡，他將自己的童年幻想及點點滴滴的生活回憶，毫無保留的呈現給這群小小讀者。

仔細研讀安徒生的作品，我們將會發現，安徒生對兒童有著相當程度的了解，故事中許多語調及情境的描述也相當貼近兒童對世界那份童稚純真的觀察及想像。在他的故事裡的一草一木，彷彿都可以成為生動迷人的主角，而安徒生就像是專門為兒童說故事的高手，在他腦袋輕輕一敲，便有迷人的故事從他筆下流洩而出。

安徒生立志為兒童寫故事的決心，可以從他一八三五至一八四五年的作品中窺見，他將這十年間所寫的童話稱為「講給孩子們聽的故事」，書名中便明白地指出這是專門獻給兒童的禮物，因此內容必須更為動聽、且饒富童趣。而安徒生的一位朋友愛德華．左林在回憶安徒生時也說：「安徒生每天都給孩子們講故事。有時即興為孩子創作一些故事，有時也給他們講傳統故事。這些故事都很受孩子的喜歡。」「安徒生給乾巴巴的話語注入了生命。他不說『孩子們坐進馬車，然後離父母而去。』而是說『孩子們坐進了馬車。再見，爸爸！再見，媽媽！』鞭子揚起，『駕，駕！』他們出發了。」

安徒生總是小心地琢磨出最能打動兒童的說話語調及人物風格，並打破了傳統童話中呆板而又平鋪直敘的敘述手法。他結合了現實與想像，勇敢地走入生活的真實層面，並將兒童鮮明的形象融入他的創作之中，從此童話與兒童之間不再隔著層層的薄紗，而是要從童話的領域中去「發現兒童」、「追尋童年」。韋葦在他「世界童話史」一書中也下了這樣的評論：「安徒生是第一個讓真實的兒童形象活躍於童話表現空間裡的有心人。」

作品特色

除了寫出如同浪漫作家那絢麗迷人的幻想故事，中、老年時期的安徒生對人生有著更深度的體驗及感動，他不斷地將現實生活中的嚴酷考驗以及人類內心中的原始慾望帶入童話的創作之中，這也使得他的寫作風格變得更為嚴謹及富有教育意味。

窮其一生的寫作生涯，安徒生貢獻出許多精彩的作品，而這些故事也隨著他年齡的增長展現出不同的特色及趣味。安徒生將他於一八三五至一八五七年間的童話創作分別收集成冊，後人根據這些冊子將他的作品特色約略分為三個時期。

第一時期，「講給孩子們聽的故事」（一八三五—一八四二）。在這個時期，安徒生的寫作靈感大部分來自於兒童時期所聽到的民間故事，為了使兒童更容易接受及理解，安徒生去掉了原有故事中繁複、冗長的情節，加入了他個人獨特的寫作技巧及豐富的想像力，也得到了更多大人及兒童們的認同。本時期的著名代表作品有：〈豌豆公主〉、〈拇指姑娘〉、〈小美人魚〉和〈國王的新衣〉等等，這其中除了一些採集自民間故事的素材之外，更有安徒生他那發自於內心的澎湃情感及對人類高貴情操

▲安徒生曾經愛上這位被譽為「瑞典的夜鶯」的女歌星珍妮．林德，因而寫下〈夜鶯〉這篇童話。

的追尋及探討，故事內容處處顯露了安徒生多愁善感的浪漫思想。

第二時期，「新童話」（一八四三—一八四八）。安徒生步入中年之後，由於他對生命的不同體驗，讓他對現實人生有了更多的感慨，這也使得他青年時期作品中那充滿浪漫的文思與風格漸漸消退，而將創作主題移向更實際的生活之中。從一八四三年起，他將這一時期所寫的作品稱為「新童話」——也就是將童話這種原本充滿了想像與傳奇的文學形式加入了更多現實人生的寫照。這時期的著名代表作品有：〈賣火柴的小女孩〉、〈一個母親的故事〉、〈影子〉和〈醜小鴨〉等等，他不斷地將幻想和現實緊緊的結合在一起，並企圖寫出他對同胞的憐憫與關懷。

第三時期，「故事」（一八五二—一八七三）。安徒生對於他的作品自有一套定義的標準，他將作品內容粗略的分成兩大類：「童話」以及「故事」。前者是指內容中含有著超自然元素的描寫，而後者則是不含魔幻神奇的寫實派風格。安徒生的晚年，不斷的將童話推向現實的生活世界，其創作的內容也趨向於故事的領域之內。他在保留了童話的特色之下，將現實生活直接的描繪出來，並將人物情節加入了道德情意的訓示，話雖如此，這並不表示這時期的內容完全缺乏幻想。其中描寫現實生活的代表作有：〈柳樹下的夢〉、〈她是一個廢物〉、〈單身漢的睡帽〉和〈沙丘上的故事〉。還有許多不屬於故事範圍的抒情作品，例如：〈蝴蝶〉、〈戀人〉、〈樹精〉和〈冰姑娘〉等等。

安徒生一生創作了許多不同風格的童話，有的幽默輕鬆，有的讀來令人心酸、不勝唏噓，本書精選了最著名的九篇童話，而且搭配了名家經典插畫和作品賞析，是一本值得珍藏的安徒生童話集。

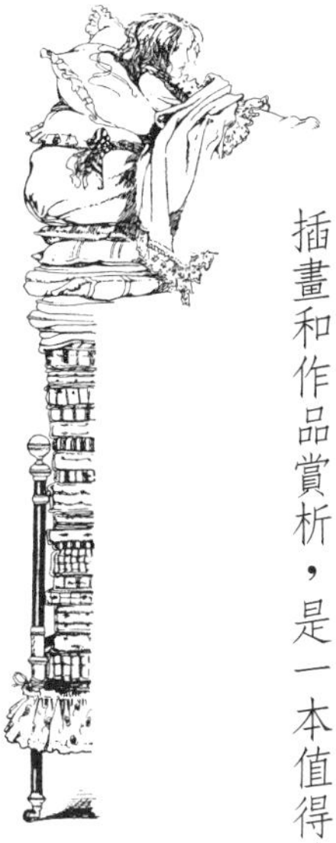

目錄

世界童話大師 002
國王的新衣 019
夜鶯 037
拇指姑娘 071
醜小鴨 109
豌豆公主 141
堅定的錫兵 147
小美人魚 165
打火匣 235
賣火柴的小女孩 261

國王的新衣

The Emperor's New Clothes

誰也不想讓人知道自己什麼東西都沒看見。

許多年以前有個國王，他非常喜歡穿漂亮的新衣服。他爲了要穿得好看，把所有的錢都花在衣服上，他一點也不關心他的軍隊、也不喜歡去看戲，除非是爲了炫耀一下新衣服，否則他也不喜歡乘著馬車逛公園。他每個小時就要換一套新衣服。人們提到其他國王時總是說：「國王在會議室裡。」但是人們一提到他時，總是說：「國王在更衣室裡。」

在他住的那個大城市裡，生活很輕鬆，每天都有許多觀光客到來。有一天來了兩個騙子，他們自稱是織工，還說他們能織出超乎任何人想像最美麗的布。這種布的色彩和圖案非常好看，而且用它縫製出來的衣服還有一種奇特的作用，那就是凡是不稱職的人或愚蠢的人，都看不見這衣服。

「那正是我最喜歡的衣服！」國王心裡想。「我穿了這樣的衣服，就可以看出哪些人不稱職，就可以辨別出哪些人是聰明人，哪些人是傻子。是的，我要叫他們馬上織出這樣的布來！」他付了許多現金給這兩個騙子，叫他們馬上開始工作。

他們擺出兩架織布機，假裝在工作的樣子，可是織布機上什麼東西也沒有。他們接二連三地請國王拿一些最好的生絲和金子給他們。他們把這些東西都裝進自己的口袋，卻假裝在那架空空的織布機上忙碌地工作，一直忙到深夜。

「我很想知道他們的布織得怎樣了。」國王想。不過，他想起了愚蠢的人或不稱職的人是看不見這塊布的，心裡就感到有些不大自在，不過他相信自己是用不著害怕的。雖然如此，他還是覺得先派一個人去看看比較妥當。全城的人都聽說過這種布料有一種奇特的力量，所以大家都很想來測驗一下，看看他們的鄰人究竟有多笨，有多傻。

「我要派誠實的老大臣到織工那兒去看看，」國王想，「他是最適合去看這布料是什麼樣子的人，因爲他很有頭腦，而且沒有人比他更稱職。」

因此這位令人尊敬的老大臣就到那兩個騙子的工作地點去了。他們正在空空的織布機上忙碌地工作著。「天哪！」老大臣想，他把眼睛睜得大大的，「我什麼東西也沒有看見！」但是他不敢說出來。

那兩個騙子請他走近一點，指著兩架空空的織布機問他，布的花紋是不是很美麗，色彩是不是很漂亮。這位可憐的老大臣眼睛越睜越大，可是他還是什麼東西都看不見，因爲的確沒有東西可看。

「我的老天爺！」他想。「難道我是一個愚蠢的人嗎？我從來沒有懷疑過我自己。我決不能讓人知道這件事。難道我不稱職嗎？不行，我絕對不能讓人知道我看不見布料。」

「哎呀，您一點意見也沒有嗎？」一個假裝在織布的騙子說。

「啊，美極了！眞是美極了！」老大臣說。他戴著眼鏡仔細地看。「多麼美的花紋！多麼美的色彩！是的，我會立刻向國王呈報說我對這塊布感到非常滿意。」

「嗯，我們聽到您這麼說眞高興。」兩個騙子齊聲說。他們接著用稀有的顏色和花紋將這塊布描述了一番。這位老大臣仔細地聽著，以便回到國王那裡去時，可以照樣背得出來。後來他也眞的這樣向國王回報。

這兩個騙子又要了很多的錢，更多的生絲和金子，他們說這是爲了織布的需要。他們把這些東西全裝進口袋裡，連一根線也沒有放到織布機上去。不過他們還是繼續在空空的織布機上工作。

過了不久，國王派了另一位可信賴的官員去看看布織得如何，是不是很快就可以織好。他的情形和前一位大臣的一樣，他看了又看，但是那兩架空空的織布機上什麼也沒有，他什麼都看不出來。

「您看這一段布美不美？」兩個騙子問。他們假裝指著一些美麗的花紋，並且作了一些解釋，事實上什麼花紋也沒有。

「我並不愚蠢！」這位官員想。「這大概是因爲我不配擔任現在這個官職吧！這眞是滑稽，但是我絕對不能讓人看出來！」因此他就

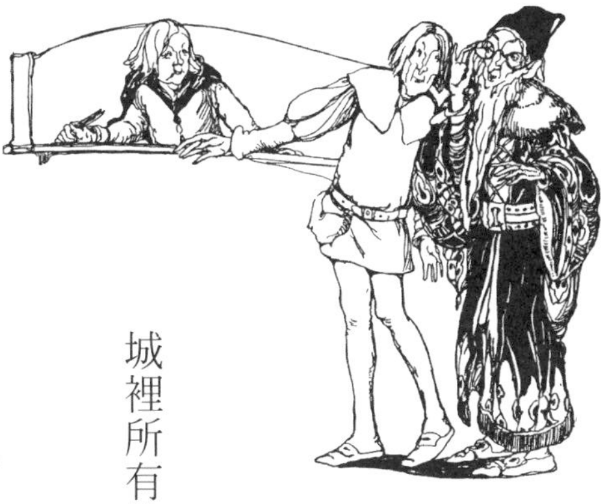

把他完全沒有看見的布稱讚了一番，同時對他們說，他非常喜歡這些美麗的顏色和巧妙的花紋。「是的，那眞是太美了。」他回去對國王這麼說。

城裡所有的人都在談論這美麗的布料。

當這塊布還在織的時候，國王就很想親自去看一看。他挑選了一群隨員，其中包括已經去看過的那兩位可敬的大臣，然後他們就到那兩個狡猾的騙子住的地方去了。這兩個傢伙正假裝以全副精神織布，但是一根線或針的影子也看不見。

「這塊衣料多華麗啊！」那兩位可敬的官員說。「陛下請看，多麼美麗的花紋！多麼美麗的色彩！」他們指著那架空空的織布機說，因爲他們以爲別人看得見布料。

「這是怎麼一回事兒呢？」國王心想。「我什麼也沒有看見！這眞是荒唐！難道我是一個愚蠢的人嗎？難道我不配做國王嗎？這是我碰見過最可怕的事情！」「啊，它眞是美極了！」國王說。「我十分滿意！」他看著織布機點頭表示滿意，因爲他不想說出他什麼也沒有看見。跟他來的全體隨員也仔細地看了又看，可是他們也沒有看出更多的東西。不過，他們也照著國王的話說：「啊，眞是美極了！」他們建議國王用這種美麗的新布料做成衣服，穿上這衣服去參加即將舉行的遊行大典。「眞美麗！眞精緻！眞是華麗！」每個人都這麼說著。每人都有說不出的快樂。國王賜給騙子每人一枚可以掛在外套上的勳章，並且頒發他們「御聘織師」的封號。

遊行大典即將舉行的前一天晚上，這兩個騙子整夜沒睡，點了十六支蠟燭。你可以看到他們是在忙著完成國王的新衣。他們假裝把布料從織布機上取下來，用兩把大剪刀在空中裁了一陣子，同時又用沒有穿線的針縫了一通。最後，他們說：「好啦！新衣服做好了！」

國王帶著他的一群最高貴的紳士親自到來了。這兩個騙子各舉起一隻手，好像拿著一件什麼東西似的。他們說：「請看吧，這是褲子，這是袍子！這是外衣！」「這衣服輕柔得像蜘蛛網一樣，穿著它的人會覺得好像身上沒有什麼東西，這也正是這衣服的妙處。」

「一點也沒錯，」所有的紳士們都說。可是他們什麼也沒有看見，因爲實際上什麼東西也沒有。

「請國王脫下衣服，」兩個騙子說，「我們要在這個大鏡子前面爲您換上新衣。」

國王把身上的衣服都脫光了，這兩個騙子假裝一件一件替國王把他的新衣穿上，國王在鏡子前面轉了轉身子，扭了扭腰。

「天啊，這衣服多麼合身啊！」大家都說。「多麼美的樣式！多麼美的花紋！多麼美的色彩！這眞是一套昂貴的衣服！」

「大家已經在外面把華蓋準備好了，只等陛下一出去，就可以去遊行了！」典禮官說。

「很好，我已經準備好了，」國王說，「新衣服合我身嗎？」於是他又在鏡子前轉了一下身子，因爲他要讓大家看出他在認眞地欣賞他美麗的衣服。那些準備要托著後裾的侍從們，把手在地上東摸西摸，好像眞的在拉著後裾似的。他們開步走著，雙手假裝執著後裾，

不敢讓人看出他們其實什麼東西也沒有看見。

就這樣，國王在那個富麗的華蓋遮護下遊行起來了。站在街上和窗子裡的人都說：「天哪，國王的新衣服眞是漂亮！他上衣的後裾是多麼美麗！衣服多麼合身！」誰也不想讓人知道自己什麼東西都沒看見，因爲這樣就會暴露自己不稱職或太愚蠢。國王所有的衣服都沒有得到這樣普遍的稱讚過。

「可是國王身上什麼也沒有穿呀！」一個小孩子最後叫了出來。

「啊呀，你聽這孩子多天眞！」孩子的父親說。於是大家竊竊地傳著那孩子說的話。

「他身上什麼也沒有穿！有個小孩子說他身上什麼也沒有穿！」

「他眞的什麼也沒穿嘛！」最後所有人都這樣說。國王有點兒發抖，因爲他覺得他們講的話是眞的。不過他自己心裡卻這樣想：「我必須把這遊行大典舉行完畢。」因此他擺出一副更驕傲的神情，而他的侍從也仍裝作手中托著後裾，在他後面繼續走著。

賞析／只有大人看見的新衣

〈國王的新衣〉是一篇情節單純卻含意深遠的故事，安徒生將一篇名為〈編布騙子和國王的故事〉的西班牙民間童話進行再一次的創作，幽默而輕鬆的筆調，諷刺了封建社會的虛偽和官場上逢迎諂媚的腐敗風氣。

兩個騙子透過為國王做新衣的方式，想要騙取大量的錢財，這看似簡單無用的詭計，卻因為國王的虛榮心和大臣們的愚蠢無能，而將整個皇宮裡的人騙得團團轉。當自認為雍容華貴的權威統治者擺起陣仗，驕傲地向人民炫耀他那華麗衣裳時，他們的荒唐和迂腐卻更赤裸裸地展露在人民的眼中，然而民眾雖有疑惑，卻沒有一個人勇於說出真相，最後還是由一個天真、未受腐敗風氣污染的孩子揭穿了整個騙局。

故事中雖然沒有魔法、精靈等情境的描寫，但戲劇化的情節鋪排，點出了成人世界黑暗腐敗的醜態，更與孩童那純真的言語形成了強烈的對比，也更貼近了老百姓的現實生活，反映了人民的心聲。

夜鶯

The Nightingale

我將歌唱隱藏在您周圍的善和惡當中。

你知道的，在中國，皇帝是個中國人，他所有的臣子和人民也都是中國人。這故事發生在許多年以前，因爲這個緣故，値得在人們忘記它以前再說一說。

這位皇帝的宮殿全部用瓷器砌成，是世界上最華麗的，價值非常高，也非常易碎，如果你想摸摸它，必須非常小心。御花園裡有最珍奇的花，那些最名貴的花都繫著銀鈴，好讓走過的人一聽到鈴聲就不得不注意這些花。皇帝花園裡的一切東西都佈置得非常精巧，而且花園是那麼的大，連園丁都不知道它的盡頭在什麼地方。如果你不停地向前走，你會看到一座茂密的森林，裡面都是高大的樹木和很深的湖泊。森林一直伸展到蔚藍色深沈的大海那兒去，巨大的船隻可以在樹枝底下航行。森林裡住著一隻夜鶯，牠的歌唱得非常美妙，連一個忙碌的漁夫在夜間出去收網的時候，一聽到這夜鶯的歌唱，也會停下手腳來欣賞一番。

「天啊，唱得多麼美妙啊！」他說。但是他必須去做他的工作，所以只好把這鳥兒忘掉。不過第二天晚上，這鳥兒又唱起歌來了，漁夫聽到歌聲的時候，不禁又同樣地說：「天啊，唱得多麼美妙啊！」

世界各國的遊客都會到這位皇帝的首都來，欣賞這座皇城、宮殿和花園。不過當他們聽到夜鶯歌唱的時候，他們都會說：「啊，這是最美的東西！」

這些遊客回到他們的國家之後，都會談論起這件事情，於是學者寫了許多關於皇城、宮殿和花園的書籍，當然他們也沒忘記這隻夜鶯，而且還把牠的地位看得最高。那些會寫詩的人還寫了美麗的詩篇，歌頌這隻住在深海旁邊樹林裡的夜鶯。

這些書流傳到全世界，有幾本最後流傳到皇帝手裡。他坐在他的龍椅上，讀了又讀，還頻頻點頭，因爲那些關於皇城、宮殿和花園的細緻描述使他感到非常高興。「不過，夜鶯是這一切東西中最美的！」他讀到了這句話。

「什麼？」皇帝大聲說。「夜鶯！爲什麼我從來都不知道有這隻夜鶯！我的王國裡有這隻鳥嗎？而且牠居然就在我的花園裡？我從來沒有聽過這回事！我竟然只有在書本上讀到這件事情！」

於是他把他的侍臣召進來。這是一位高傲的人物，任何地位比他低的人，只要敢跟他講話或問他事情，他唯一的回答就是「呸」，這個字沒有任何意義。

「據說這兒有一隻叫夜鶯的奇特鳥兒！」皇帝說。「他們都說牠是我偉大王國裡最珍貴的東西。爲什麼從沒有人告訴過我呢？」

「我從來沒有聽人提起過，」侍臣說。「從來沒有人把牠進貢到宮廷裡來！」

「今晚就把牠帶來，讓牠爲我唱唱歌。」皇帝說。「全世界都知道我有什麼東西，而我自己卻不知道！」

「我從來沒有聽過這回事，」侍臣說。「我會去找找牠！我會去找找牠！」

不過到什麼地方去找牠呢？這位侍臣在台階上走上走下，在大廳和長廊裡跑來跑去，但是他所遇到的人都說沒有聽過夜鶯的事，這位侍臣只好跑回到皇帝那兒，說這一定是寫書的人捏造的故事。「請陛下不要相信書上寫的東西。那些都是捏造的，都是胡說八道的。」

「不過我讀的那本書，」皇帝說，「是日本那位威武的皇帝送來的，所以不可能是捏造的。我要聽聽夜鶯歌唱！今晚必須把牠帶到這兒來！我下聖旨叫牠來！如果牠今晚來不了，宮裡所有的人，一吃完晚飯肚皮就要挨打！」

「是的！」侍臣說。於是他又在台階上走來走去，在大廳和長廊裡跑來跑去。宮裡有一半的人也跟著他亂跑，因爲大家都不願意肚皮挨打。於是他們開始調查這隻奇異的夜鶯，這隻除了宮廷的人以外所有人都知道的夜鶯。

最後他們在廚房裡碰見一個窮苦的小女孩，她說：「哎呀，夜鶯啊！我跟牠再熟悉不過了，牠唱歌很好聽。每天晚上我會帶著大家准許我帶的剩飯回家，給我住在海岸邊生病的可憐母親。回家的路上，當我走得疲倦了在樹林裡休息的時候，我就會聽到夜鶯唱歌。牠的歌聲使我落下淚來，因爲我覺得好像母親在吻我似的！」

「小女傭！」侍臣說，「如果妳帶我們到夜鶯那兒，我可以在廚房裡幫妳弄一個固定的工作，還可以讓妳得到伺候皇上吃飯的特權。因爲今晚皇上就要召見牠。」

於是他們所有人就往夜鶯經常唱歌的那個樹林走去。宮裡一半的人都出動了。當他們朝目的地走去的時候，一頭母牛開始叫起來。

「哎呀！」一位宮廷官員說，「我們找到牠了！這麼小的動物，牠的聲音卻特別洪亮！我確定以前聽到過這聲音。」

「哎呀，那是牛的叫聲！」廚房的小女傭說。「我們還有很長的路要走呢。」

接著，池塘裡的青蛙叫起來了。

「眞美妙！」中國的宮廷祭司說：「現在我聽到了，牠聽起來像教堂的小鐘聲。」

「不對，這是青蛙的叫聲！」廚房的小女傭說。「不過，我想很快我們就可以聽到夜鶯歌唱了。」

於是夜鶯開始唱起歌來。

「這就是了！」小女傭說：「聽啊，聽啊！牠就在那兒。」她指著樹枝上一隻小小的灰色鳥兒說。

「這個可能嗎？」侍臣說。「我從來就沒有想到牠會是這個模樣！牠看起來很普通啊！我想是因爲牠看到有這麼多重要的人在旁，嚇得失去了光彩。」

「小夜鶯！」廚房的小女傭大聲地喊著，「我們仁慈的皇上希望你能爲他唱唱歌。」

「這是我的榮幸！」夜鶯說，於是牠唱出動聽的歌來。

「這聲音像玻璃鐘響！」侍臣說。「你們看，牠的小歌喉唱得多麼好！說來也奇怪，我們以前怎麼沒有聽過牠的歌聲。牠到宮裡去一定會大受歡迎！」

「我還要再爲皇上唱一次嗎？」夜鶯問，牠以爲皇帝在場。

「我出色的好夜鶯啊！」侍臣說，「我命令你到宮裡去參加今晚的晚會，那是我的榮幸。你得用你美妙的歌喉去娛樂聖朝的皇上。」

「我的歌只有在綠色的樹林裡才唱得最好！」夜鶯說。不過，當牠聽說皇帝希望見牠的時候，牠還是去了。

宮殿被裝飾得煥然一新。瓷砌的牆壁和地板在數千盞金燈的照耀下閃閃發亮。那些掛著銀鈴的美麗花朵都被搬到走廊上來了。走廊裡有許多人跑來跑去，一陣微風颳起，這些銀鈴都叮噹叮噹地大聲響起來，聲音大到人們聽不見彼此的說話聲。

在皇帝坐著的大殿中央，已經豎立了一根金製的柱子，好讓夜鶯能棲在上面。整個官廷的人都來了，廚房裡的那個小女傭也得到許可站在門後伺候，因爲她現在得到了一個眞正廚僕的稱號。大家都穿上了最好的衣服，注視著這隻灰色的小鳥，因爲皇帝在對牠點頭。

於是夜鶯歌唱了，牠唱得那麼美妙，連皇帝都流下眼淚來，一直流到臉頰上。夜鶯唱得更美妙了，牠的歌聲打動了皇帝的心弦。皇帝非常高興，他下令叫人把他的金拖鞋掛在夜鶯的頸子上。不過夜鶯謝絕了，說牠已經得到很好的獎賞了。

「我看到了皇上眼裡的淚珠，對我來說，這比任何東西都寶貴。皇上的眼淚有一種特別的力量。眞的，我已經得到很好的報酬了！」於是牠用甜蜜幸福的聲音又歌唱了一次。

「牠的歌聲眞是一件動人的禮物！」在場的所有女士們說。當有人跟她們講話的時候，她們就在嘴裡倒滿水，發出咯咯的聲音來，她們以爲自己也是夜鶯。小廝和丫環們也說他們很滿意，這樣的評語是很不簡單的，因爲他們是最不容易得到滿足的人物。總之，夜鶯獲得了極大的成功。

他們讓夜鶯在宮裡住下來，而且有牠自己的籠子。牠現在只有白天出去兩次和夜間出去一次的自由，每次都有十二個僕人跟著牠，每個人都牽著綁在牠腿上的一根絲線。像這樣的出遊一點樂趣也沒有。

城裡的人都在談論著這隻奇特的鳥兒，當兩個人相遇的時候，一個只須說「夜」另一個就會接著說「鶯」，然後他們就會互嘆一口氣，彼此心照不宣。甚至有十一個小販的孩子也取名爲「夜鶯」，不

過他們誰也唱不出一個調子來。

有一天，皇帝收到了一個大包裹，上面寫著「夜鶯」兩個字。

「這應該是一本關於我們這隻名鳥的書！」皇帝說。不過這不是一本書，而是一件裝在盒子裡的玩具。那是一隻機器夜鶯，跟眞的夜鶯一模一樣，不過它全身裝滿了鑽石、紅寶石和青玉。只要這隻機器鳥上好發條，就能唱出一曲那隻眞正夜鶯所唱的歌，它的尾巴會上下擺動著，而且發出銀色和金色的光。它的頸子上掛有一條小絲帶，上面寫道：「日本皇帝的夜鶯，比起中國皇帝的夜鶯稍遜一籌。」

「它眞是好看！」大家都說。送來這隻機器夜鶯的那個人立刻就獲得了「皇家首席夜鶯使者」的封號。

「現在讓它們一起歌唱吧，那將會是多麼好聽的雙重奏啊！」

因此它們就得一起歌唱了，但是這個方法行不通，因爲眞正的夜鶯只是按照自己的方式在唱，而這隻人造的鳥兒卻機械式地唱同一個調。「這不能怪它，」樂師說，「它唱得非常合拍子，是屬於我這個學派。」現在這隻機器鳥只好單獨唱了……它所獲得的成功，和那隻眞正的夜鶯一樣；此外，它的外表漂亮多了，它閃耀得如同金手鐲和胸針。

它一遍又一遍地唱著同樣的調子，總共唱了三十三次，而且一點也不覺得累。許多人都願意聽它繼續唱下去，不過皇帝說那隻眞正的夜鶯也應該唱些歌曲……可是牠到哪裡去了呢？沒有人注意到牠已經飛出了窗子，回到牠青綠的森林裡去了。

「這是什麼意思呢？」皇帝說。所有的朝臣都咒罵那隻夜鶯，說牠是一個忘恩負義的東西。「不過我們有了一隻最好的鳥兒。」他們說。那隻機器鳥兒又唱了一次。他們把那個同樣的曲子聽了三十四次，不過他們還是不了解它，因爲這是一個很難的曲調。樂師非常稱讚這隻鳥兒，說它比那隻眞正的夜鶯要好得多，不僅是它的羽毛和許多美麗的鑽石，即使從它的內部來說也是如此。

「紳士和淑女們，特別是陛下，你們各位要知道，你們永遠也不知道一隻眞的夜鶯會唱出什麼歌來；然而在這隻機器夜鶯的身體裡，一切早就安排好了，要它唱什麼曲調，它就唱什麼曲調！你可以把它拆開，可以看出它的內部活動：它的『華爾滋舞曲』是從什麼地方開始，到什麼地方停止，會有什麼別他曲調接上來。」

「這正是我們所想的。」大家都說。於是樂師被批准下星期天把這隻鳥兒公開展覽，讓民眾看一看。皇帝說，老百姓也應該聽聽它的歌。因此他們聽到了它的歌唱，老百姓們感到非常高興，好像他們愉快地喝了茶一樣，因為喝茶是中國人的習慣。他們都說「好」，同時舉起拇指，點點頭。可是聽過眞正的夜鶯唱歌的那個貧苦漁夫說：

「它是唱得很不錯，很像一隻眞正的夜鶯，不過它似乎缺少了什麼東西，我也不知道究竟少了什麼！」

眞正的夜鶯被逐出了這個帝國。

那隻機器夜鶯在皇帝床邊的一塊絲製墊子上占了一個位置，它所得到的禮物有金子和寶石，都被擺放在它的周圍。它已經被封爲「高貴皇家歌手」了，而且被提升到「左邊第一」的等級，因爲皇帝認爲心臟所在的位置是最重要的一邊，而心臟的位置正好是偏左邊，即使是一個皇帝也是如此。

樂師寫了一部二十五卷關於這隻機器鳥的書。這是一部篇幅很長、學問淵博、用最難懂的中國字寫成的一部書。所有人都說他們讀過這部書，而且了解它的內容，如果他們不這麼做，就會被認爲是愚笨而在肚皮上挨打。

整整一年過去了。皇帝、朝臣們以及所有的中國人都記得這隻機器鳥兒所唱的歌中的每一個調子，正因爲如此，大家就更喜歡這隻鳥兒了。大家可以跟著它一起唱，街上的男孩子「吱－吱－吱－咯－咯－咯」地唱著，皇帝也跟著唱起來。是的，這眞是可愛！

不過一天晚上，當這隻機器鳥正唱著歌，皇帝正躺在床上靜聽的時候，這隻鳥兒的身體裡面發出一陣「絲絲」的聲響，有一個東西斷了，「嗦——」，所有的輪子都轉動起來，然後歌聲就停止了。

皇帝立刻跳下床，命令把他的御醫召來。不過御醫又能有什麼辦法？於是大家又把鐘表匠請來。經過一番磋商和檢查之後，他總算把這隻鳥兒勉強修好了，不過他說，今後他們必須小心保護這隻鳥兒，因爲它裡面的零件已經壞了，要配上新的而又能奏出音樂是不可能的。這眞是一件令人悲傷的事情！他們讓這隻鳥兒只能一年唱一次，而這還算是過度使用了呢！不過樂師用了一些很難懂的字眼作了一個短短的演說，他說這鳥兒跟從前一樣好——因此，牠當然是跟從前一樣地好。

五年過去了，這整個國家突然陷入悲傷之中。這個國家的人都很喜歡他們的皇帝，而他現在生病了，而且據說不久於人世。新的皇帝已經選出來了，老百姓都跑到街上來，向侍臣探問老皇帝的病情。

「呸！」他搖搖頭說。

皇帝躺在他那華麗的大床上，冷冰冰的，面色慘白。宮廷裡所有的人都以爲他死了，大家都跑到新皇帝那兒去恭賀他。男僕人都跑出來談論這件事，丫環們開始準備盛大的宴會。大廳和走廊的地板都鋪上了布，這樣就不會有腳步聲，所以這兒現在非常非常地靜寂。可是皇帝還沒有死，他僵直地、慘白地躺在掛著天鵝絨帷幔和綴著厚厚金絲流蘇的華麗床上。頂上的窗戶是開著的，月光照在皇帝和那隻機器鳥身上。

這位可憐的皇帝幾乎不能夠呼吸了，他的胸口上好像有個什麼東西壓著。他睜開眼睛，看到死神坐在他的胸口上，頭上戴著他的金皇冠，一隻手握著他的寶劍，另一隻手拿著他華貴的令旗。許多奇形怪狀的腦袋從天鵝絨帷幔的褶紋裡伸出來窺看他，有的很醜，有的很溫和。這些東西代表皇帝所做過的壞事和好事，現在死神就坐在他的胸口上，所以它們都伸出頭來看他。

「你記得這件事嗎？」它們一個接著一個低聲說，「你記得那件事嗎？」它們告訴他許多事情，使得他的額頭冒出了汗珠。

「我不知道這件事！」皇帝說。「把音樂奏起來！把音樂奏起來！把大鼓敲起來！」他叫出聲來，「我不要聽到他們說的這些事情！」

然而它們還是不停地說著。死神對它們所說的話點點頭，像中國人那樣的點法。

「音樂！把音樂奏起來呀！」皇帝大叫起來。「你這隻貴重的小金鳥，唱歌呀，唱呀！我曾經送給你金子和貴重的禮物；我親自把我的金拖鞋掛在你的脖子上啊！唱呀，唱呀！」

可是這隻鳥兒動也不動地站著，因爲沒有人來替它上好發條，它不上好發條是唱不出歌來的。死神繼續用他空洞的大眼睛盯著皇帝的臉。四周是靜寂的，可怕的靜寂。

就在這個時候，窗戶旁邊傳來最美麗的歌唱聲。是那隻小小的、眞正的夜鶯，牠棲在外面的樹枝上。牠聽到皇帝可悲的境況，所以來爲他唱希望和安慰的歌。當牠在歌唱的時候，那些幽靈的面孔漸漸變淡了，同時在皇帝孱弱的身體裡，血液也開始活絡起來，甚至死神也開始聽起歌來，而且還說：「繼續唱吧，小夜鶯，繼續唱下去吧！」

「那麼，你願意給我那把美麗的金劍嗎？你願意給我那面華貴的令旗嗎？你願意給我那頂皇帝的王冠嗎？」

死神把這些寶貴的東西都交出來，以換取一首歌。於是夜鶯繼續歌唱著，牠唱著那安靜的教堂墓地——那兒生長著白色的玫瑰花，接骨木樹發出甜蜜的香氣，新草染上了送葬者的眼淚。這時，死神思念起自己的花園來，於是變成一股寒冷的白霧，從窗口飛逝了。

「謝謝你，謝謝你！」皇帝說。「你這隻神聖的小鳥！我現在懂了。我把你從我的帝國趕出去，而你卻用歌聲把那些邪惡的面孔從我的床邊驅走，也把死神從我的心中去掉，我該如何報答你呢？」

「您已經報答我了！」夜鶯說，「我第一次歌唱的時候，我從您的眼裡得到了您的淚珠，我永遠都不會忘記您。您的眼淚是珠寶，它可以使一個歌者得到鼓舞。不過，現在請您睡吧，請您養足精神，恢復健康，我將再爲您唱一首曲子。」

於是牠又唱起來——皇帝甜蜜地睡著了。這一覺是多麼溫和，多麼愉快啊！

他醒來了，感覺神志清新、體力恢復了，這時太陽從窗外照射進來，照在他的身上。他的侍從一個也沒有來，因爲他們以爲他死了，但是夜鶯仍然在他的身邊爲他唱著歌。

「請你永遠跟我在一起，」皇帝說，「你喜歡怎麼唱就怎麼唱。我將把那隻機器鳥撕成一千塊碎片。」

「請不要這樣做，」夜鶯說。「它已經盡了它最大的努力，讓它繼續留著吧。我不能在宮裡住下來；不過，當我想來的時候，就請您讓我來吧。我將在黃昏的時候棲在窗外的樹枝上爲您唱歌，讓您快樂，也讓您深思。我將歌唱那些幸福的人們和那些受難的人們；我將歌唱隱藏在您周圍的善和惡當中。您的小小的歌鳥現在要遠行了，牠要飛到那個窮苦的漁夫身旁去，飛到農民的屋頂上去，飛到離您和您的宮廷很遠的每個人身邊去。我愛您的心勝過您的皇冠，然而皇冠卻也有它神聖的一面。我會再回來的，我將會再爲您唱歌，不過您必須答應我一件事。」

「什麼事都可以！」皇帝說。他親自穿上他的朝服站起來，同時把他那把沈重的金劍按在胸口上。

「我要求您一件事：請您不要告訴任何人，說您有一隻會把什麼事情都講給您聽的小鳥。只有這樣，一切才會美好。」

於是夜鶯飛走了。

侍從們都進來看看他們死去了的皇帝——是的，他們都站在那兒，而皇帝卻說：「早安！」

賞析／歌聲的隱喻

究竟是自然的甜美之音動聽，還是毫無瑕疵的人造之音感人？安徒生在這篇童話中，討論了自然與文明、真理與虛偽的強烈對比。

小夜鶯的歌聲是大自然的禮物，牠能觸動人心但卻無法時時給予，況且皇宮裡雖然豪華舒適，但牢籠的束縛卻使牠再也無法開心的歡唱，而就在國王強烈的需求之下，機器夜鶯將其取而代之，小夜鶯受到了冷落。

這就好比人們蒙蔽了雙眼，相信了虛偽的假象一般。然而時間將會證明一切的對錯，在安徒生的信念裡，真理始終能戰勝虛偽，善良總能擊倒邪惡，自然的真善美到最後一定能得到世人的認同，就像小夜鶯那動人的歌聲始終繚繞在人間一樣。

拇指姑娘

Thumbelina

拇指姑娘的確非常美麗，不過大家都說她很難看，
金龜子最後也只好相信這話了。

從前有一個女人，她非常想要有一個小小的孩子，但是她不知道可以從什麼地方得到，因此她去請教一位巫婆。她對巫婆說：「我非常想要有一個小小的孩子！請告訴我要去哪裡找？」

「哎呀！這很容易！」巫婆說。「你看到這顆大麥粒了嗎？它可不是農夫田裡種的那種大麥粒，也不是家禽吃的那種大麥粒。妳把它種在一個花盆裡，看看會發生什麼事。」

「謝謝妳！」女人說。她給了巫婆一個錢幣後回到家，種下那顆大麥粒。不久，一朵美麗的大花就長出來了。它看起來很像一朵鬱金香，不過它的花瓣緊緊地包在一起，好像還是一個花苞。

「這是一朵很美的花。」女人說，同時在那美麗的、黃而帶紅的花瓣上吻了一下。不過，當她正在吻的時候，花朵突然啪一聲打開。現在可以看出這是一朵眞正的鬱金香了。但是在這朵花的正中央，在那綠色的雌蕊上面，坐著一位嬌小的姑娘——眞是一個嬌小可愛的東西！她長得比大拇指還要小，因此人們就將她叫做拇指姑娘。

拇指姑娘的搖籃是一個光得發亮的可愛胡桃殼，她的墊子是藍色紫羅蘭的花瓣，她的被子是玫瑰的花瓣，這就是她晚上睡覺的地方。白天的時候她會在桌上玩耍，那個女人在桌子上放了一個盤子，盤子四周又放了一圈花，花的枝幹浸在水裡。水上浮著一起很大的鬱金香花瓣，拇指姑娘可以坐在這花瓣上，用兩根白馬鬃作槳，從盤子這一邊划到另一邊。這樣看起來眞美麗！她還能唱歌，而且唱得那麼甜蜜和優美。

一天晚上，當她正在她漂亮的床上睡覺的時候，一隻很醜的癩蛤蟆從窗子外面跳了進來，因爲窗子上有一塊玻璃破了。這隻癩蛤蟆眞是可怕，不但身體龐大，而且黏糊糊的。她跳到桌子上，而拇指姑娘正睡在桌子上鮮紅的玫瑰花瓣下面。

「這姑娘可以做我兒子的漂亮妻子。」癩蛤蟆說。於是她一把抓住拇指姑娘正睡著的那個胡桃殼，跳出了窗子，一直跳到花園裡去。

花園裡有一條寬長的小溪，它的兩岸全是沼澤和泥濘。癩蛤蟆和她的兒子就住在這兒。哎呀！他跟他媽媽一樣，也長得奇醜不堪。「咯咯！咯咯！呱！呱！呱！」當他看到胡桃殼裡的這位美麗小姑娘時，只能講出這樣的話來。

「不要那麼大聲地說話，不然會把她吵醒的，」老癩蛤蟆說。「而且她會從我們這兒逃走，因爲她輕得像天鵝的羽毛！我們得把她放在溪水裡睡蓮的一片寬葉子上面。她是這麼嬌小和輕巧，那片葉子對她說來可稱得上是一個島了。她在那上面是沒有辦法逃走的，在這期間我們就可以把泥巴底下的那間房子修理好——你們倆以後就可以在那兒生活了。」

小溪裡長著許多睡蓮，寬大的綠色葉子浮在水面，而浮在最遠處的那片葉子也就是最大的一片。老癩蛤蟆向它游過去，把胡桃殼和睡在裡面的拇指姑娘放在葉子上面。

這個可憐的小姑娘一大清早就醒來了，當她看見自己在什麼地方的時候，不禁傷心地哭起來，因爲這片寬大綠葉的周圍全都是水，要回到陸地上去是不可能的。

在泥巴底下，老癩蛤蟆用燈芯草和黃睡蓮把房間裝飾了一番——將要有新媳婦住在裡面，當然應該收拾得漂亮一點才對。隨後她就和她的醜兒子向那片托著拇指姑娘的葉子游去。他們要在她搬入房間之前，先把她那張美麗的床搬走，安放在房間裡面。這個老癩蛤蟆在水裡向她深深地鞠了一躬，同時說：「這是我的兒子，他就是你未來的丈夫。你們倆在泥巴裡將會生活得很幸福的。」

「咯咯！咯咯！呱！呱！呱！」老癩蛤蟆的兒子所能說的就只有這一些。

他們搬著這張漂亮的小床游走了。拇指姑娘獨自坐在綠葉上，不

禁大哭起來，因爲她不喜歡跟那個討厭的癩蛤蟆住在一起，也不喜歡嫁給她的醜兒子。在水裡游著的小魚一定都看到了癩蛤蟆，也聽到了她所說的話，因爲他們都伸出頭來，想瞧瞧這個小姑娘。牠們第一眼看到她，就覺得她非常美麗，但是這樣一個人兒怎麼可以嫁給一個醜癩蛤蟆！決不能讓這樣的事情發生！他們到托著那片綠葉的梗子周圍集合，因爲小姑娘就住在那上面。他們用牙齒把葉梗咬斷，讓這片葉子順著水流走，帶著拇指姑娘流到很遠的地方，流到癩蛤蟆沒有辦法到達的地方去。

拇指姑娘漂流過許許多多的地方。住在灌木林裡的小鳥看到她，都唱道：「多麼美麗的一位小姑娘啊！」托著她的葉子越流越遠，最後拇指姑娘就漂流到外國去了。

一隻很可愛的白蝴蝶不停地環繞著她飛，最後就落到葉子上來，因爲她非常喜歡拇指姑娘；而拇指姑娘也非常高興，因爲癩蛤蟆再也找不著她了，而且她所流過的地帶是那麼美麗——太陽照在水上，像是閃閃發亮的金子。她解下腰帶，把一端繫在蝴蝶身上，把另一端繫在葉子上。葉子帶著拇指姑娘一起很快地流走了。

突然一隻很大的金龜子飛來，並且看到了她。他立刻用他的爪子抓住她纖細的腰，帶著她一起飛到樹上去。但是那片綠葉繼續順著溪流漂去，那隻蝴蝶也跟著一起游，因爲他是繫在葉子上的，沒有辦法飛開。

哎呀！當金龜子帶著她飛進樹林裡去的時候，可憐的拇指姑娘是多麼害怕啊！不過她更爲那隻美麗的白蝴蝶難過。她已經把他繫在那葉子上，如果他沒有辦法擺脫的話，就一定會餓死的。但是金龜子一點也不理會這情況，他和她一塊兒坐在樹上最大的一張綠葉子上，把花裡的蜂蜜拿出來給她吃，同時說她是多麼漂亮，雖然她一點也不像金龜子。不久，住在樹上的金龜子全都來拜訪了。他們打量著拇指姑娘，年輕的金龜子小姐聳了聳觸鬚，說：

「哼，她只有兩條腿，眞是難看！」

「她連觸鬚都沒有！她的腰太細了。呸！她完全像一個人，她多麼醜啊！」她們說。

然而拇指姑娘的確非常美麗，甚至帶走她的那隻金龜子也不免要這樣想。不過大家都說她很難看，金龜子最後也只好相信這話了，他也不想要她了，說她現在可以離開了。他們帶著拇指姑娘從樹上飛下來，把她放在一朵雛菊上面。她在那上面哭得很傷心，因爲她覺得自己長得那麼醜，連金龜子也不要她了。可是她其實仍是一個最美麗的人兒，那麼嬌嫩，像一片最美麗的玫瑰花瓣。

整個夏天，拇指姑娘單獨住在這個廣大的樹林裡。她用草葉爲自己編了一張床，把它掛在一片大牛蒡葉底下，使得雨水不致於淋到她身上。她從花裡取出蜂蜜作爲食物，她的飲料是每天早晨凝結在葉子上的露珠。夏天和秋天就這麼過去了。現在，冬天來了——那又冷又長的冬天。那些爲她唱著甜蜜的歌的鳥兒都飛走了，樹和花凋零了。那片大牛蒡葉——她一直住在它下面——也捲起來了，只剩下一根枯黃的梗子。她感到十分寒冷，因爲她的衣服都破了，而她的身體又是那麼嬌小纖細，可憐的拇指姑娘，她一定會凍死的！雪也開始下了，每片雪花落到她身上，就好像滿鏟子的雪塊打到我們身上一樣，因爲我們長得高大，而她卻比你的拇指還小。她把自己裹在一片乾枯的葉子裡，可是這並不溫暖——她凍得發抖。

她現在來到這個樹林的附近，有一大塊麥田，不過田裡的麥子早已經收割了，凍結的地上只留下一些乾枯的殘梗。對她說來，走過這片麥田，簡直等於穿過一片森林。啊！她凍得發抖，抖得多厲害啊！最後，她來到了一隻田鼠家的門口。這就是一棵殘梗下面的一個小洞。田鼠住在那裡面，又溫暖，又舒服。她藏有整整一房間的麥子，她還有一間漂亮的廚房和一個飯廳。可憐的拇指姑娘站在門口，像一個討飯的窮苦女孩子。她請求田鼠施捨一顆大麥粒給她，因爲她已經兩天沒有吃過一丁點兒東西了。

「妳這個可憐的小東西，」田鼠說——她是一個好心腸的老田鼠——「到我溫暖的房子裡來，和我一起吃點東西吧。」

MABEL
LUCIE
ATTWELL

後來，老田鼠很喜歡拇指姑娘，所以她說：「妳可以留下來和我度過這個冬天，不過你得把我的房子維持得乾淨整齊，同時講些故事給我聽，因爲我很喜歡聽故事。」和善的老田鼠所要求的事情，拇指姑娘都一一做到了。她在那兒住得非常快樂。

「不久我們會有一個客人，」田鼠說。「我的這位鄰居每個星期來拜訪我一次，他的生活比我好很多，他有寬大的房間，他穿著最美麗的黑色袍子。只要妳能嫁給他，那麼妳一輩子可就享用不盡了。不過他的眼睛看不見，妳得講一些妳所知道的、最美的故事給他聽。」

拇指姑娘對這件事沒有什麼興趣，她不想跟這個鄰居結婚，因爲他是一隻鼴鼠。鼴鼠穿著黑天鵝絨袍子來拜訪了。田鼠說，他是怎樣有錢和有學問。他的家確實要比田鼠的大二十倍，他也確實有很高深的知識。不過太陽和美麗的花兒對他一點意義也沒有，而且他還對這些東西懷有恨意，因爲他從來沒有看見過它們。

拇指姑娘得爲他唱歌，因此她唱了《金龜子呀，金龜子，飛走吧！》。因爲她的聲音是如此美麗，鼴鼠不禁愛上了她。不過他沒有說出來，因爲他是一個很謹愼的人。

最近他從自己房子裡挖了一條長長的地道，通到她們的這座房子裡來。只要田鼠和拇指姑娘願意，她們隨時都可以到這條地道裡來散步。他告訴她們不要害怕一隻躺在地道裡的死鳥。他是一隻完整的鳥兒，有嘴巴，還有所有羽毛，很可能是不久以前、在冬天開始的時候死去的，正好被埋在鼴鼠的通道裡。

鼴鼠嘴裡銜著一根引火絨，它在黑暗中可以發出閃光。他走在前面，爲她們把這條又長又黑的地道照明。當她們來到那隻死鳥躺著的地方時，鼴鼠就用他的大鼻子頂著天花板，朝上面拱著土，拱出一個大洞來，陽光就通過這洞口照射進來。地上躺著一隻死了的燕子，他美麗的翅膀緊緊地貼著身體，小腿和頭縮到羽毛裡面，這隻可憐的鳥兒一定是凍死的。這使得拇指姑娘感到非常難過，因爲她非常喜愛所有鳥兒。他們整個夏天爲她唱著美妙的歌，對她喃喃地講著話。不過鼴鼠用他的短腿一推，說：「他再也不能唱什麼了！生來就是一隻小鳥，這是一件多麼不幸的事！謝天謝地，我的孩子將不會是這樣。像這樣的一隻鳥兒，什麼事也不能做，只會吱吱喳喳地叫，到了冬天就不得不餓死了！」

「你是一個聰明人，說得有道理，」田鼠說。「冬天一到，這些吱吱喳喳的歌聲對於一隻鳥有什麼用呢？他一定會餓死的。不過我想這就是大家所謂的了不起的事情吧！」

拇指姑娘沈默不語。不過當他們兩個轉過身背對著這燕子的時候，她就彎下腰來，把他頭上的羽毛拂了一下，同時在他閉著的雙眼上輕輕地吻了一下。「在夏天對我唱出那麼美麗的歌的人也許就是他了，」她想。「他不知給了我多少快樂——這隻親愛的、美麗的鳥兒！」

鼴鼠把那個透進陽光的洞口封閉住，然後陪著這兩位小姐回家。但是這天晚上拇指姑娘怎麼也睡不著。她爬起床來，用乾草編成了一張寬大美麗的毯子，還把她在田鼠的房子裡找到的一些軟棉花裹在燕子身上，好使他在這寒冷的地上能夠保暖。

「再見，你這美麗的小鳥！」她說。「再見了！在夏天，當所有的樹兒都變綠了的時候，當太陽光溫暖地照著我們的時候，你唱出美麗的歌聲，我要爲這一切感謝你！」於是她把頭貼在這鳥兒的胸膛上。她嚇了一大跳，因爲他身體裡面好像有什麼東西在跳動。這就是鳥兒的心臟。這鳥兒並沒有死，他只不過是昏厥罷了。現在他得到了溫暖，所以又活了起來。

在秋天，所有的燕子都向溫暖的國度飛去，不過如果有一隻脫了隊，他就會遇到寒冷，然後凍得掉落下來，像死了一樣；他只好躺在他落下的那塊地上，讓冰凍的雪花蓋滿他的全身。

拇指姑娘全身發抖，因爲她是那麼驚恐；這鳥兒，跟只有拇指高的她比起來，眞是太龐大了。可是她鼓起勇氣來，把棉花緊緊地裹在這隻可憐的燕子身上，同時把自己常常當作床單的那張薄荷葉拿來，覆蓋在這鳥兒的頭上。

第二天夜裡，她又偷偷地去看他。他已經活過來了，不過還是昏迷著，只能把眼睛睜開一會兒，望了拇指姑娘一下。拇指姑娘手裡拿著一塊火絨站著，因爲她沒有別的燈火。

「謝謝妳，妳是一個可愛的小孩！」這隻生了病的燕子對她說，「我現在眞是溫暖！不久後就可以恢復體力，又可以飛了，可以在暖和的陽光中飛了。」

「啊！」她說。「外面是多麼冷啊！雪花在飛舞，遍地都結了冰。還是請你睡在你溫暖的床上吧，我可以照顧你的。」

她用花瓣盛著水送給燕子。燕子喝了水之後就告訴她說，他的翅膀曾經在一個多刺的灌木林裡受傷，因此不能像其他燕子一樣飛得那麼快；那時他們正要飛到那遙遠的、溫暖的國度裡去。最後他掉落到地上，其餘的事情他就記不起來了，他完全不知道自己是怎樣來到這裡的。

燕子在這住了一整個冬天。拇指姑娘對他很好，非常喜歡他，鼴鼠和田鼠卻一點也不知道這件事，因爲他們不喜歡這隻可憐的小燕子。

當春天一到來，太陽把大地照得很溫暖的時候，燕子就向拇指姑娘告別了。她把鼴鼠在頂上挖的那個洞打開，太陽照亮了他們。於是燕子就問拇指姑娘願意不願意跟他一起離開：她可以騎在他的背上，這樣他們就可以遠遠地飛走，飛到綠色的樹林裡。不過拇指姑娘知道，如果她這樣離開的話，田鼠會很難過的。

「不，我不能離開！」拇指姑娘說。

「那麼再見了，再見了，妳這可愛的小姑娘！」燕子說。於是他飛向太陽。拇指姑娘望著他離開，她的眼裡閃著淚珠，因爲她是那麼喜愛這隻燕子。

「吱吱！吱吱！」燕子唱著歌，朝著綠色的森林飛去。

拇指姑娘感到非常難過。田鼠不允許她到溫暖的太陽下。在田鼠屋頂上的田野裡，麥子已經長得很高了，對於這個可憐的小女孩子說來，這麥子就像是一座濃密的森林，因為她畢竟比一個拇指還要小。

「在這個夏天，妳得把妳的嫁妝準備好！」田鼠對她說，因為她那個討厭的鄰居——那個穿著黑天鵝絨袍子的鼴鼠——已經向她求婚了。「妳得準備好毛衣和棉衣。當妳做了鼴鼠太太以後，妳應該有坐著時穿的衣服和睡著時穿的衣服呀。」

拇指姑娘現在得搖起紡車。鼴鼠聘請了四位蜘蛛，日夜為她紡紗和織布。每天晚上鼴鼠會來探望她一次，而且老是在咕嚕地說：等夏天結束的時候，太陽就不會這麼熱了；現在太陽把地面烤得像磚塊一樣硬。是的，等夏天結束之後，他就要跟拇指姑娘結婚了。不過拇指姑娘一點也不高興，因爲她根本不喜歡這位討厭的鼴鼠。每天早晨太陽升起的時候，每天黃昏太陽落下的時候，她就會偷偷地走到門那兒去。當風把麥穗吹向兩邊，使得她能夠看到蔚藍的天空時，她會想像外面是非常光明和美麗的，她熱切地希望再見到她親愛的燕子。可是他不再回來了，他一定已經飛向美麗的綠色樹林裡去了。

現在秋天來臨，拇指姑娘的全部嫁妝也準備好了。

「四個星期之後，妳的婚禮就要舉行了。」田鼠對她說。但是拇

WHEN THE WIND BLEW ASIDE THE TOPS OF THE CORNSTALKS…SHE COULD SEE THE BLUE SKY

指姑娘哭了起來，說她不願意嫁給這討厭的鼴鼠。

「胡說！」田鼠說，「妳不要那麼固執，不然的話，我就要用我的白牙齒來咬妳！他會是妳的好丈夫，就是皇后也沒有他那樣好的黑天鵝絨袍子！他的廚房和儲藏室裡都藏滿了東西。妳有這樣一個丈夫，應該感謝上帝！」

現在婚禮要舉行了。鼴鼠已經來了，他親自來迎接拇指姑娘。她得跟他生活在一起，住在深深的地底下，永遠也不能到溫暖的太陽下來，因爲他不喜歡太陽。這個可憐的小姑娘現在非常難過，因爲她得向那光明的太陽告別了——這太陽，當她跟田鼠住在一起的時候，她還能得到許可在門口望一眼。

「再見了，光明的太陽！」她說著，同時向空中伸出雙手，然後向田鼠的屋子外面走了幾步。現在麥子已經收割了，這兒只剩下乾枯的殘梗。「再見了，再見了！」她又重複地說，同時用她嬌小的雙臂抱住一朵生長在那兒的小紅花。「假如你看到了那隻小燕子的話，請你代我向他問候一聲。」

「吱吱！吱吱！」在這時候，一個聲音忽然在她的頭上響起。她抬頭一看，那隻燕子剛好飛過。他一看到拇指姑娘，就顯得非常高興。她告訴他說，她有多麼討厭那個醜惡的鼴鼠做她的丈夫，而且她還得住在深深的地底下，太陽將永遠照不進來。一想到這點，她就忍不住哭了起來。

「寒冷的冬天要到來了，」小燕子說。「我要飛到遙遠的溫暖國度，妳願意跟我一塊兒去嗎？妳可以騎在我的背上，用腰帶緊緊地把妳自己繫牢，這樣我們就可以飛離這可怕的鼴鼠和他黑暗的房子——遠遠地飛過高山，飛到溫暖的國度裡去，那兒的太陽光比這兒更美麗，那兒永遠只有夏天，永遠開著美麗的花朵。跟我一起飛走吧，親愛的拇指姑娘，當我在那個黑暗的地洞裡凍得僵直的時候，是妳救了我的生命！」

「好的！我要和你一起飛走！」拇指姑娘說。她坐在這鳥兒的背上，把腳擱在他展開的雙翼上，同時用腰帶把自己緊緊地繫在他最結實的一根羽毛上。就這樣，燕子飛向空中，飛過森林，飛過大海，高高地飛過常年積雪的大山脈。在這寒冷的高空中，拇指姑娘凍得發抖，她鑽進這鳥兒溫暖的羽毛裡去，只把她的小腦袋伸出來，欣賞下面的美麗風景。

最後他們來到了溫暖的國度。那兒的太陽比在我們這裡耀眼多了，天空似乎也是加倍地高；田溝裡和籬笆上都長滿了最美麗的綠葡萄和藍葡萄；果園裡處處懸掛著柳橙和檸檬；空氣裡飄著桃金孃和薄荷的香氣；可愛的小孩子在路上跟美麗的彩色大蝴蝶一塊兒嬉戲。燕子越飛越遠，風景也越來越美麗。在一個碧藍色的湖旁有一叢漂亮的綠樹，裡面有一幢白得發亮的大理石古老宮殿。葡萄藤圍著高大的柱子叢生著，它們的頂上有許多燕子窠，其中一個就是帶著拇指姑娘飛行的燕子的住所。

「這兒就是我的房子，」燕子說。「不過，下面長著許多花，妳可以選擇最漂亮的一朵，我可以把妳放在它上面，妳就可以自在享受地住在這裡。」

「好極了。」她拍著她的小手大聲說。

那兒有一根巨大的白色大理石柱，它已經倒在地上，並且斷成了三段，不過在它們中間長出了一朵最美麗的白色鮮花。燕子帶著拇指姑娘飛下來，把她放在一片寬闊的花瓣上面。拇指姑娘感到多麼驚奇，因爲在那朵花的中央坐著一個小小的男子！他是那麼白皙和透明，好像是玻璃做成的。他頭上戴著一頂最華麗的金王冠，他的肩膀上長著一雙發亮的翅膀，而他本身並不比拇指姑娘高大，他就是花中的天使。每一朵花裡都住著這麼一個小小的男子或女子，不過這一位卻是他們大家的國王。

「哎呀，他是多麼英俊啊！」拇指姑娘對燕子低聲說。這位小小的國王非常害怕這隻燕子，因爲他是那麼細小，對他說來，燕子簡直是一隻巨大的鳥兒。不過當他看到拇指姑娘的時候，他馬上就變得高興起來，她是他一生中所見過最美麗的姑娘。因此他從頭上取下金王冠，把它戴到她的頭上。他問了她的姓名，問她願不願意做他的太太，這樣她就可以做一切花兒的皇后了。這位國王才眞正配得上做她的丈夫，他與癩蛤蟆的兒子和那隻穿黑天鵝絨袍子的鼴鼠，完全不同！因此她就對這位可愛的國王說：「我願意。」這時每一朵花裡走出一位小姐或一位男子來，他們是那麼可愛，就是看他們一眼也會令人感到愉快的。他們每個人送給拇指姑娘一件禮物，但是其中最好的禮物是從一隻白色大昆蟲身上取下的一對漂亮翅膀。他們把這對翅膀放到拇指姑娘的背上，這樣她就可以在花朵之間飛來飛去了。這時大家都非常高興，燕子則坐在自己的窠裡為他們唱出最好的歌曲。然而，他的心中非常難過，因為他是那麼喜歡拇指姑娘，他非常希望永遠不要和她分開。

「妳現在不應該再叫拇指姑娘了！」花的天使對她說。「這是一

個很醜的名字，而妳是那麼美麗！從今以後，我們要叫妳瑪婭。」

「再見了！再見了！」那隻小燕子說。他從這溫暖的國度飛走了，飛回到很遠的丹麥去。在丹麥，他在一個會說童話的人的窗子上築了一個小窠。他對這個人唱：「吱吱！吱吱！」我們這整個故事就是從他那兒聽來的。

賞析／受贈的翅膀

處處受人奚落、欺侮的拇指姑娘，雖然有著渺小的外型，但卻始終保持著一個善良純真的心，即使遭受命運無情的擺弄，她對光明未來的追求卻永不放棄。

拇指姑娘憑著她的勇氣，一路逃離了癩蛤蟆泥巴下的黑暗之家，更擺脫了鼴鼠那見不著陽光的地洞，最後更因她那悲天憫人的好心腸，而獲得燕子的幫助，追求到自己的幸福。拇指姑娘出身寒微、渺小，卻包含了無比的勇氣與活力，這些特質正是社會中那些努力、勤奮人民的代表。

他們雖然毫不起眼，但在面對環境的困苦之時，卻始終能以明朗開闊的心胸，往更美好的未來邁進。

醜小鴨

The Ugly Duckling

我們不了解你？那麼請問誰了解你呢？

鄉下眞是非常美麗。現在正是夏天，小麥是金黃色的，燕麥是綠油油的。乾草在綠色的牧場上堆成垛，鸛鳥用牠又長又紅的腿在散著步，吱喳地講著埃及話，這是牠從媽媽那兒學到的語言。田野和牧場的周圍有些大森林，森林裡有些很深的池塘。的確，鄉間是非常美麗的，太陽光正照著一幢老式的房子，它的周圍有幾條很深的小溪。從牆角那兒一直到水裡，全蓋滿了高大的牛蒡葉。最大的葉子長得非常高，小孩子都可以直著腰站在下面。像在最濃密的森林裡一樣，這裡也是很荒涼的。這裡有一隻母鴨坐在窩裡，她得把她的幾個小鴨都孵出來。不過這時她已經累壞了。很少有客人來探望她。其他的鴨子都在溪流裡游來游去，不願意到牛蒡下來和她聊天。

MAXWELL ARMFIELD
IN THE SUNNIEST SPOT STOOD
AN OLD MANSION

最後，那些鴨蛋一個接著一個迸開了。「劈！劈！」蛋殼裂開了。所有的蛋黃現在都變成了小動物。他們的小頭都伸出來了。

「嘎！嘎！」母鴨說。小鴨也跟著嘎嘎地大聲叫起來。他們在綠葉子下面向四周看。母鴨讓他們盡量地東看西看，因爲綠色對他們的眼睛有益。

「這個世界眞大！」這些年幼的小傢伙們說。的確，比起在蛋殼裡的時候，他們現在的天地是大不相同了。

「你們以爲這就是全世界嗎？」媽媽說。「這地方延伸到花園的另一邊，一直到牧師的田裡去呢！連我自己都沒有去過！我想你們都在這兒吧？」她站起來。「等等，我還沒有把你們都孵出來呢！這顆大蛋還躺著沒有動靜。它還得躺多久呢？我眞是有些煩了。」於是她又坐下來。

「唔，情況如何？」一隻來拜訪她的老鴨子問。

「這個蛋孵得可眞久！」坐著的母鴨說。「它老是不裂開。請你看看別的吧。他們眞是最可愛的小鴨！」

「讓我看看這個老是不裂開的蛋吧，」這位年老的客人說，「請相信我，這是一個火雞蛋。有一次我也受過騙，你知道，那些小傢伙不知道帶給我多少麻煩和苦惱，因爲他們都不敢下水。我簡直沒有辦法讓他們在水裡試一試。我說好說歹，一點用也沒有——讓我來瞧瞧這個蛋吧。哎呀！這是一個火雞蛋！讓他躺著吧，快叫其他的孩子去游泳吧。」

「我還是在它上面多坐一會兒吧，」母鴨說，「我已經坐了這麼久，就是再坐一個星期也沒有關係。」

「那就隨妳的便吧！」老鴨子說。於是她就告辭了。

最後這個大蛋裂開了。「劈！劈！」新生的這個小傢伙叫著向外面爬。他又大又醜。鴨媽媽看了他一眼。「這個小鴨子大得嚇人，」她說，「沒有一個像他這樣；但是他一點也不像小火雞！好吧，我們馬上就來試試看吧。他得到水裡去，我踢也要把他踢下水去。」

At last—crack—and "peep, peep," chirped the little one, and out he crept. "He is big and ugly," thought Mrs. Duck. "I fear he's a turkey after all, but we'll soon see about that."

第二天的天氣很晴朗，太陽照在綠牛蒡上。母鴨帶著她所有的孩子到溪邊來。噗通！她跳進水裡去了。「嘎！嘎！」她叫著，於是小鴨子一個接著一個跳下去。水淹過他們的頭，但是他們馬上又冒出來了，游得非常漂亮，小腿靈活地划著。他們全都在水裡，連那隻灰色的小傢伙也跟著他們一起游。

「他不是一隻火雞，」她說，「你看他的腿划得多靈活，身體挺得多直啊！他是我親生的孩子！如果你仔細看看他，其實他長得也不難看。嘎！嘎！跟我來吧，我要把你們帶到廣大的世界去，把那個養鴨場介紹給你們看看。不過，你們得緊跟著我，以免被別人踩著了，尤其要當心貓兒！」

於是，他們就到養鴨場裡來了。養鴨場裡響起了一陣可怕的喧鬧聲，原來有兩個家族正在爭奪一個鰻魚頭，結果卻被貓兒搶走了。

「你們看，世界就是這個樣子！」母鴨舔舔嘴說，因爲她也想吃那個鰻魚頭。「來，」她說。「讓我看看你們多有禮貌，向那邊那個老鴨鞠躬。你們如果看到那兒的一個老母鴨，就得把頭低下來，因爲她是這兒最有聲望的。她有西班牙的血統，所以長得非常胖。你們看到她腿上的紅布條了嗎？這是一種高貴的象徵，也是鴨子能得到的最大光榮。那表示人們不願意失去她，動物和人都得認識她。現在打起精神來，不要把腿縮進去。一個有教養的鴨子總是把腿張開的，像爸爸和媽媽一樣。好吧，彎下脖子來，還要說『嘎』！」

他們都照吩咐去做了，但是其他的鴨子站在旁邊看著他們，大聲地說：「看！又來了一批不速之客，好像我們這裡鴨子還不夠多似的！哎呀！你們看那隻怪東西！我可不要他！」於是一隻鴨子飛過去，在他的脖頸上啄了一下。

「請你們走開，」母鴨說，「他不會傷害人的！」

「沒錯，不過他長得太大、太醜了，」啄他的那隻鴨子說，「因此他必須挨打！」

「親愛的，妳的孩子很漂亮，」腿上繫著布條的母鴨說，「當然，只有一隻例外。可惜妳不能把他再孵一次。」

「那可不能，夫人，」母鴨回答說，「他不好看，但是他的個性非常好。他游起水來也不比別人差，甚至更好呢。我想他會慢慢長得漂亮的，或許也可能縮小一點。他在蛋裡躺得太久了，因此他的模樣受了影響。」她說著，同時在他的脖頸上啄了一下，把他的羽毛理一理。「而且，他是一隻公鴨，」她說，「所以影響並不太大。我想他的身體很結實，將來一定會表現出色的。」

「其他的小鴨都很可愛，」老母鴨說，「親愛的，如果妳找到鰻魚頭，不要客氣，請把它送給我。」

他們現在在這兒，就像在自己家裡一樣。不過最後從蛋殼裡爬出的那隻小鴨太醜了，他到處被鴨群和雞群啄、推擠和譏笑。

「他眞是太大了！」大家都說。有一隻雄火雞生下來腳上就有距，因此自以爲是皇帝。他把自己吹得像一條鼓滿了風的帆船，直直地向小鴨走來，咯咯地叫著，臉漲得通紅。這隻可憐的小鴨不知該往哪裡去。他覺得非常悲哀，因爲自己長得那麼醜陋，而且成了養鴨場裡大家嘲笑的對象。

這是第一天的情形，後來一天比一天糟。大家都欺負這隻可憐的小鴨；連他自己的兄弟姊妹也對他不和善，他們老是說：「你這個醜八怪，希望貓兒把你抓去！」最後他的媽媽也說：「我希望你走遠些！」鴨兒們打他，小雞啄他，餵雞鴨的那個女傭也用腳來踢他。

有一天他飛過籬笆逃走了；灌木林裡的小鳥都驚慌地向空中飛去。「這是因爲我太醜了！」小鴨想，於是他閉起眼睛繼續往前跑，最後跑到一塊住著野鴨的沼澤地。他在這兒躺了一整夜，因爲他太累了，太疲倦了。

隔天早晨，野鴨都飛向天空來看看這位新來的朋友。「你是誰呀？」他們問。小鴨一會兒轉向這邊，一會兒轉向那邊，盡量對大家恭恭敬敬地行禮。

「你眞是個醜八怪，」野鴨們說，「不過只要你不跟我們族裡任何鴨子結婚，對我們倒也沒有多大的影響。」可憐的小東西！他根本沒有想到什麼結婚，他只希望人家准許他躺在蘆葦裡，喝點沼澤的水就夠了。

他在那兒躺了整整兩天。後來飛來了兩隻野雁——嚴格地講，應該說是兩隻公雁，因爲他們是雄性的。他們從蛋殼裡爬出來還沒有多久，因此非常頑皮。

「聽著，小傢伙，」他們說，「你長得很醜，不過我們都很喜歡你。跟我們一塊兒飛走好嗎？離這裡不遠的地方有一塊沼澤地，那裡有幾隻可愛的野雁，她們都還沒結婚，都會說『嘎』！雖然你長得很醜，不過在那裡也許你會很幸運！」

「砰！砰！」天空中突然響起槍聲。這兩隻公雁掉落到蘆葦裡死了，把水染得鮮紅。「砰！砰！」又是一陣槍響。整群的野雁都從蘆葦裡飛起來，然後又是一陣槍聲響起來了。原來有人在大規模地打獵。獵人都埋伏在這沼澤地的周圍，有幾個人甚至坐在伸到蘆葦上空的樹枝上。藍色的煙霧像雲塊似地籠罩著這些黑樹，慢慢地在水面上向遠方漂去。這時，獵狗都噗通噗通地在泥濘裡跑過來，燈芯草和蘆葦向兩邊倒去。這對於可憐的小鴨說來真是可怕的事情！他把頭轉過來藏在翅膀裡。不過，正在這時候，一隻大獵狗緊緊地站在小鴨的身邊，牠伸出長長的舌頭，眼睛發出可怕的光。牠把鼻子頂到這小鴨的身上，露出尖銳的牙齒，可是——噗通！——牠跑開了，沒有把小鴨抓走。

「謝謝老天爺！」小鴨嘆了一口氣，「我醜得連狗都不要咬我！」他安靜地躺下來。槍聲還在蘆葦裡響著，子彈一發接著一發地射出來。

天快要暗的時候，四周才靜下來。可是這隻可憐的小鴨害怕的不敢站起來，他等了好幾個鐘頭，才敢向四周望一眼。於是他急忙跑出這塊沼澤地，拼命跑向田野和牧場，不過這時吹起一陣狂風，他跑起來非常辛苦。

天黑的時候，他來到一個簡陋的農家小屋。它是那麼殘破，甚至不知道應該向哪一邊倒才好，因此它也就立在那兒沒有倒下。狂風在小鴨身邊號叫得非常厲害，他只好坐下來免得被吹走。風越吹越凶，然後他看到那門上的鉸鏈有一個已經鬆了，門也歪了，他可以從空隙鑽進屋子裡去，於是他鑽了進去。

屋子裡住著一個老太婆和她的貓，還有一隻母雞。她把這隻貓叫做「小兒子」。他能把背拱得很高，發出咪咪的叫聲來；他的身上還能迸出火花，不過要他這樣做，你就得倒摸他的毛。母雞的腿很短小，因此她叫「短腿雞」。她很會生蛋，所以老太婆把她當作自己的親生孩子一般疼愛。

第二天早晨，他們馬上注意到了這隻陌生的小鴨。那隻貓開始咪

咪地叫，那隻母雞也咯咯地喊起來。

「怎麼一回事？」老太婆說，同時朝四周看。不過她的眼睛有點花，以爲小鴨是一隻迷了路的肥鴨。「眞是幸運！」她說，「現在我可以有鴨蛋了。希望他不是一隻公鴨才好！我們得觀察看看！」

就這樣，小鴨在這裡接受了三個星期的考驗，可是他什麼蛋也沒有生下來。現在，那隻貓是這家的主人，那隻母雞是這家的太太，所以他們老是說：「我們和這世界……」因爲他們以爲他們就是半個世

界，而且還是最好的那一半呢。小鴨覺得自己可以有不同的看法，但是母雞卻不能忍受這種看法。

「你能生蛋嗎？」她問。

「不能！」

「那麼就請你不要發表意見！」

「不能！」

於是雄貓說：「你能拱起背，發出咪咪的叫聲和迸出火花嗎？」

「那麼當有見識的人在講話時，你就沒有必要發表意見！」

小鴨坐在一個牆角裡，心情非常不好。這時他突然想起了新鮮空氣和太陽光。他有一種奇怪的渴望，他想到水裡去游泳。最後他實在忍不住了，就把心事對母雞說出來。

「你這是什麼想法？」母雞問。「你沒有事情做才有這些怪念頭。你只要生幾個蛋，或者咯咯叫幾聲，這些怪念頭就會不見了。」

「可是，在水裡游泳是多麼痛快呀！」小鴨說。「讓水淹在頭上，往水底一鑽，那是多麼痛快呀！」

「是的，那一定很痛快！」母雞說，「你一定瘋了。你去問問貓兒吧——在我所認識的一切朋友當中，他是最聰明的——你去問問他喜歡不喜歡在水裡游泳，或者鑽進水裡去。我不說我的看法。你去問問你的主人，那個老太婆，世界上再也沒有比她更聰明的人了！你以爲她想去游泳，讓水淹過她的頭頂嗎？」

「你們不了解我。」小鴨說。

「我們不了解你？那麼請問誰了解你呢？你決不會比貓兒和女主人更聰明吧——我先不提我自己。孩子，別再想這種傻事了！你現在得到這些照顧，應該感謝上帝。你現在到一個溫暖的屋子裡來，有了一些朋友，而且還可以向他們學習，不是嗎？相信我，我對你說這些不好聽的話，完全是爲了幫助你呀。只有這樣，你才知道誰是你的眞正朋友！所以學習生蛋，學習咯咯地叫，或者迸出火花吧！」

「我想我還是到廣大的世界上去。」小鴨說。

「好吧，你去吧！」母雞說。

於是小鴨走了。他一會兒在水上游，一會兒鑽進水裡；不過，因爲他的樣子醜，所有的動物都瞧不起他。

秋天到來了，樹林裡的葉子變成了棕色和黃色，風捲起它們，把它們帶到空中飛舞；空中是很冷的；雲塊沈重地載著冰雹和雪花；烏鴉站在籬笆上，凍得「呱呱」地叫。你只要想想這情景，就會覺得冷了。這隻可憐的小鴨的確經歷了一段困苦的時光。

有一天，當太陽正美麗地落下時，有一群漂亮的大鳥從灌木林裡飛出來，小鴨從來沒有看到過這樣美麗的東西。他們白得發亮，頸子又長又美麗。他們是天鵝。他們發出一種奇異的叫聲，展開美麗的翅膀，從寒冷的地帶飛向溫暖的國度，飛向不結冰的湖上去。

他們飛得很高——那麼高，醜小鴨有股奇怪的感覺。他在水上像一個車輪似地旋轉著，同時把自己的頸子高高地伸著，發出一種響亮的怪叫聲，連他自己也害怕起來。他無法忘記這些美麗的鳥兒，這些幸福的鳥兒。當他們消失在他的視線之外，他就沈入水底；但是當他再冒出水面上來的時候，卻感到非常興奮。他不知道這些鳥兒的名字，也不知道他們要向什麼地方飛去，不過他愛他們，對他們有種對其他動物所不曾感受的愛。他並不嫉妒他們，他怎敢夢想有他們那樣美麗呢？只要別的鴨准許他跟他們生活在一起，他就已經很滿意了——可憐的醜東西。

冬天變得很冷，非常的冷！小鴨不得不在水上游來游去，免得水面凍結成冰。不過他游動的範圍一晚比一晚縮小，小鴨只好用他的一雙腿不停地游動，免得水完全被冰封閉。最後他昏倒了，動也不動地躺著，跟冰塊凍結在一起。

第二天一大早，有一個農夫從這兒經過，他看到了這隻小鴨，就走過去用木屐把冰塊打破，然後把他抱回來送給他的太太。他這時才漸漸甦醒過來。

小孩子們都想要跟他玩，不過小鴨害怕他們會傷害他，於是跳到牛奶盤裡去，把牛奶濺得滿屋子都是。女人看到後邊尖叫邊揮手，小鴨又嚇得飛到奶油盆裡，然後又飛進麵粉桶裡去，最後才爬出來。這時他的樣子真好看！女人繼續尖叫，拿著火鉗要打他，小孩們擠成一團，又叫又笑，想抓住這小鴨。幸好大門是開著的，於是他鑽進灌木林中，有氣無力地倒在新落下的積雪上。

如果只講他在這嚴冬所受的困苦和災難，那麼這個故事也就太悲慘了。當太陽又開始溫暖地照著的時候，他正躺在沼澤地的蘆葦裡。雲雀唱起歌來了——這是一個美麗的春天。

忽然間他舉起翅膀：翅膀拍起來比以前有力得多，輕易地就把他托起來飛走了，他不知不覺地已經飛進了一座大花園。這兒蘋果樹正

MABEL
LUCIE
ATTWELL

開著花；紫丁香在散發著香氣，又長又綠的枝條垂到彎彎曲曲的溪流上。啊，這兒美麗極了，充滿了春天的氣息！三隻美麗的白天鵝從樹蔭裡一直游到他面前來。他們展開翅膀，輕鬆地在水面上游泳。小鴨認出這些美麗的動物，於是心裡感到一種說不出的難過。「我要飛向這些高貴的鳥兒！可是他們會把我弄死的，因為我是這樣醜，居然敢接近他們。不過這沒有什麼關係！被他們殺死，要比被鴨子咬、被雞群啄、被看管養鴨場的那個女傭人踢，和在冬天受苦好多了！」於是他飛到水裡，向這些美麗的天鵝游去。這些動物看到他，馬上就豎起羽毛向他游來。

「殺了我吧！」這隻可憐的動物說，他把頭低低地垂到水上，只等待著死。但是他在這清澈的水上看到了什麼呢？他看到了自己的倒影。但那不再是一隻粗笨的、深灰色的、又醜又令人討厭的鴨子，而是一隻天鵝！

只要你是從一個天鵝蛋孵出來，即使是出生在養鴨場裡也沒有什麼關係。對於他過去所受的不幸和苦惱，他現在感到非常高興。他現在更深層地體會到包圍在他身旁的幸福和快樂。大天鵝在他周圍游來游去，又用嘴來親他。

花園裡來了幾個小孩子，他們向水上拋了麵包片和吃的東西，最小的那個孩子喊道：「你們看那隻新天鵝！」其他的孩子也興高采烈地叫起來：「是的，來了一隻新的天鵝！」於是他們拍著手，跳起舞來，向他們的爸爸和媽媽跑去。他們拋了更多的麵包和糕餅到水裡，同時大家都說：「新來的這隻最美！那麼年輕，那麼好看！」那些老天鵝不禁在他面前低下頭來。

他非常難爲情，於是把頭藏到翅膀裡面去，不知道怎麼辦才好。他非常高興，但他一點也不驕傲，一顆好的心是永遠不會驕傲的。他想起他曾經怎樣被人鄙視和譏笑，而他現在卻聽到大家說他是美麗的鳥兒裡最美麗的一隻。紫丁香在他面前把枝條垂到水裡去；太陽照得很和煦，很溫暖。他搧動翅膀，伸直細長的頸項，內心感到非常高興：「當我還是一隻醜小鴨的時候，從沒有夢想過會這麼幸福！」

賞析／鴨與鵝的辯證

《醜小鴨》是一篇自傳性濃厚的童話，裡面所表現出來的也是內心對未來的渴望，他希望被接納、希望被欣賞，當然也渴望成功。

然而無情、坎坷的命運卻總是在打擊他的信心與理想。這醜得出奇的醜小鴨是安徒生藉以自嘲的形象，由於長相古怪、不合時宜，安徒生嚐盡了社會中的冷嘲熱諷，但這一路上的磨難卻不能打消他想要成功的念頭。

安徒生就像故事中的醜小鴨一樣，在經歷各種打擊之後，仍然提起勇氣，努力地求取生存，最後才得以幻化成高貴優雅的美麗天鵝，這不僅象徵了他人生中的勝利，也勉勵了所有困境中的人勇往前進，永不妥協。

豌豆公主
The Princess and the Pea

他很想和一位公主結婚，但是她必須是一位真正的公主。

從前有一位王子，他很想和一位公主結婚，但是她必須是一位眞正的公主。因此他走遍了全世界，就是要找到這樣的一位公主。但是他每次總會遇到一些問題：公主多的是，不過他沒有辦法判斷她們究竟是不是眞正的公主，因爲她們總是有些地方不對勁。結果他只好回到家，心中非常難過，因爲他是那麼渴望得到一位眞正的公主。

有一天晚上，突然颳起了一陣可怕的暴風雨。天空在打雷、閃電，在下著大雨——眞令人害怕！這時有人在敲打著城門，於是老國王就走出去開門。

站在門外的是一位公主。可是，天啊！經過了風吹雨打，她的樣子眞是難看！雨水沿著她的頭髮和衣服往下流進鞋尖，又從腳跟流出來。她說她是一位眞正的公主。

「我們很快就可以判斷出來。」老皇后心裡想著，可是她什麼話也沒有說。她走進臥房，把所有的被褥都搬開，在床榻上放了一粒豌豆。然後她拿出二十張床墊，把它們壓在豌豆上，隨後她又在這些墊子上放了二十床羽絨被。這位公主夜裡就睡在這張床上。早晨大家問她昨晚睡得如何。

「非常不舒服！」公主說。「我幾乎整夜沒有闔上眼！天曉得床上有個什麼東西！有個很硬的東西在床榻上，我現在全身發青發紫。

眞可怕！」

現在大家就看出來了，她是一位眞正的公主，因爲壓在二十張床墊和二十床羽絨被下的的一粒豌豆，她居然還能感覺得出來。只有眞正的公主會這麼嬌嫩。

於是，王子就選她爲妻子了，因爲現在他知道他得到了一位眞正的公主。這粒豌豆因此被送進了博物館，人們現在還可以在那兒看到它——如果沒有人把它拿走。

對了，這是一個眞實的故事。

賞析／荒謬的豌豆

《豌豆公主》是一篇具有諷刺意味的童話。為了找尋一位真正的公主，皇宮裡發明了用豌豆來判斷真假公主的方法。

這個看似愚蠢可笑的方式，卻讓整個宮廷裡的人深信不疑，他們相信一個真正的公主，是不能忍受床上有任何的瑕疵，即使是一顆小小的豌豆也不行！然而在公主的血統之中是否真有那麼敏銳的察覺力？連二十張床墊底下的一粒小豌豆都可以感覺得出來，都不能忍受？

看在聰明讀者的眼中想必心中已有了答案，但安徒生也藉著這個荒謬的測驗方式，揭露了統治者的荒唐和自以為是。

堅定的錫兵

The Steadfast Tin Soldier

這熱氣是從真實的火裡還是愛情中發出來的，
他完全不知道。

從前有二十五個錫做的士兵，他們是彼此的兄弟，因爲他們都是由同一根舊的錫湯匙鑄造而成的。他們的肩膀上扛著步槍，眼睛直視著前方；他們的制服是一半紅色一半綠色的，看起來非常美麗。他們待在同一個盒子裡，盒子一打開，他們在這世界上聽到的第一句話是：「錫兵！」一個小男孩拍著雙手喊出這句話。這些錫兵是他在生日時得到的，現在他把這些錫兵擺在桌子上。

所有的士兵都長得一模一樣，不過其中一個稍微有些不同。他只有一條腿，因爲他是最後一個被鑄造出來的，錫不夠用了。但是他仍然可以用一條腿穩定地站著，跟其他士兵用兩條腿站著沒有什麼不同，而且最引人注目的也就是他。

他們站著的那張桌子還擺著許多其他玩具，不過最引人注意的，是一個紙做的美麗城堡。從那些小窗子望進去，可以看到裡面的房間。城堡前面有幾株小樹圍著一面小鏡子立著。這個小鏡子代表一個湖，幾隻蠟做的天鵝在湖面上游來游去，他們的影子倒映在水裡。這一切都很美麗，不過最美麗的是一位站在敞開的城堡門口的小姐。她也是用紙剪出來的，不過她穿著一件漂亮的布裙子，肩上飄著一條小小的藍色緞帶，看起來好像一條頭巾。緞帶的中央有一個閃閃發亮的飾品，簡直有她整個臉那麼大。這位小姐伸直著雙手，因爲她是一名舞蹈家。她的一條腿舉得非常高，那個錫兵根本看不見它，因此就以爲她也像自己一樣只有一條腿。

THE PRETTIEST THING OF ALL WAS A LITTLE MAIDEN STANDING AT THE OPEN DOOR OF THE CASTLE ——SHE WAS A DANCER——

「她可以做我的妻子！」錫兵心裡著麼想著，「不過她是一個高貴的小姐。她住的是宮殿，而我卻只有一個盒子，而且還是二十五個人擠在一起——沒有地方可以讓她住了。但我仍然必須跟她認識認識。」於是他就在桌子上一個鼻煙壺後面直直地躺下來。他從這個地方可以清楚地看到這位漂亮的小姐，她一直是用一條腿站著，而且絲毫沒有失去平衡。

當黑夜來臨，其他錫兵都回到盒子裡去了，屋裡的人也都上床睡覺了。玩偶們這時開始活動起來：它們互相訪問、打起戰爭，或是開起舞會。錫兵們也在他們的盒子裡吵鬧起來，因爲它們也想出來參加，可是無法將蓋子打開。胡桃鉗翻起觔斗來，石筆在石板上玩得很高興。他們大吵大鬧的，結果把金絲雀吵醒了，她也發起議論來，而且出口就是詩。這時只有錫兵和小小舞蹈家沒有離開原位：她筆直地用腳尖站著，雙臂往外伸；他也是穩定地用一條腿站著，眼睛一刻也沒有離開她。

鐘敲響了十二下，於是「砰」的一聲，鼻煙盒的蓋子掀開了，可是裡面並沒有鼻煙，只有一個小小的黑妖精，這鼻煙盒原來是一個嚇人的玩具。

「錫兵，」妖精說，「把你的眼睛放老實一點！」

可是錫兵假裝沒有聽見。

「很好，你明天等著瞧吧！」妖精說。

第二天早晨，小孩們都起來了，他們把錫兵移到窗台上去。不知是妖精在搞鬼，還是風吹的關係，窗戶突然打開了，錫兵從三樓倒栽蔥地跌到地面上。他跌下的速度眞快，他的腿直豎起來，跌到他的鋼盔中，他的刺刀插在街上的鋪石縫裡。

女僕和那小男孩立刻下樓去找尋他。雖然他們險些踩著了他，可是仍然沒有發現他。如果錫兵喊一聲「我在這裡！」的話，他們就會看見他了。不過，他覺得自己穿著軍服，高聲大叫是不恰當的。

現在天空開始下雨了，雨越下越大，最後變成了傾盆大雨。雨停了之後，有兩個街頭男孩從這兒經過。

「你看，」其中一個叫道，「那裡有一個錫兵。我們讓他去航行吧！」因此，他們用報紙做成了一艘船，把錫兵放到裡面，讓錫兵沿著水溝順流而下。這兩個男孩在岸上一邊跟著他跑，一邊拍著手。天啊！水溝的波浪太大了，這是一股多麼大的激流啊！下過了一場大雨，紙船上下搖晃起來，有時還會快速旋轉，錫兵的頭都暈了。可是他仍然堅定不動，一點都不退縮；他眼睛看向前方，肩上扛著步槍。

突然，這艘船流進了一條下水道。一片漆黑，就像在他的盒子裡一樣。

「我會流到什麼地方去啊？」他想。「對了，一定是那個妖精搞的鬼。唉！如果那位小姐和我一起坐在這艘船上，就算是加倍的黑暗我也不在乎。」

這時，一隻住在下水道的大老鼠出現了。

MABEL
LUCIE
ATTWELL

「你有通行證嗎？」老鼠問。「把你的通行證拿出來！」

可是錫兵一句話也沒有回答，只是把他的步槍握得更緊。船繼續往前急駛，老鼠在後面追著。啊！他氣得咬牙切齒，還對著柴枝和乾草大喊：「抓住他，抓住他！他沒有留下過路費！他沒有出示通行證！」

然而水流愈來愈急，錫兵已經可以看到下水道盡頭處的光線了。不過他又聽到一陣喧鬧聲，這聲音足以把任何勇敢的人都嚇倒。想想看——在下水道盡頭的地方，水流沖進一條寬大的運河。這對他來說是非常危險的，就好像我們被巨大的瀑布沖下去一樣。

他已經很靠近盡頭，沒辦法停止了。船衝出外面，可憐的錫兵只能盡可能地穩住自己。船旋轉了三、四次，現在船裡的水已經滿到了船邊——船要往下沉了。錫兵全身浸在水裡，船正漸漸往下沉，紙也慢慢地鬆開。現在水已經淹到士兵的頭了。此刻，他想起了那個美麗的小小舞家，他再也見不到她了。錫兵的耳朵裡響起了這首古老的歌：

衝啊，衝啊，你這戰士，迎向死亡吧！

然後紙船破成了碎片，錫兵沉入了水中——一條大魚立刻把他吞到肚子裡。

ANNE·ANDERSON

啊，那裡面多麼黑暗啊！比在下水道還要暗，而且空間是那麼狹窄！不過錫兵依舊很堅定，他扛著步槍躺直著身體。

這條魚東奔西撞的，做出許多可怕的動作，最後一動也不動。接著，一道閃電穿過他的身體。光線很亮，突然有個人大聲地喊著：「錫兵！」原來這條魚已經被捕，牠被送到市場賣掉了，而且被帶進廚房裡，女僕用一把大刀把牠剖開了。她用手指掐住錫兵的腰部，把他拿到客廳裡。大家都想看看這位在魚肚裡到處旅行的了不起人物。不過錫兵卻絲毫沒有顯出驕傲的神色。他們把他放在桌子上——在那兒，啊！這個世界眞是奇妙，錫兵又回到了從前的那個房間！他看到從前的那些小孩，看到桌子上從前的那些玩具，還看到那座美麗的城堡和那位美麗的小小舞蹈家。她仍然用一條腿站著，另一條腿仍然高舉在空中——她也是同樣地穩定！錫兵深深受到感動，他幾乎要流出錫眼淚來，但是他不能這麼做。他看著她，她也看著他，但是他們什麼話也沒說。

突然，有一個小孩把錫兵拿起來扔進火爐裡去了。他沒有說明任何理由——這當然時鼻煙盒裡的那個小妖精在搞鬼。

錫兵全身亮了起來，同時他感覺到一股可怕的熱氣。不過，這熱氣是從眞實的火裡還是愛情中發出來的，他完全不知道。他的光彩都不見了，是他在旅途中失去了，還是因爲悲愁的結果，誰也不知道。

他看著那位小姑娘，而她也看著他。他覺得自己的身體正漸漸地熔化，但是他仍然堅定地扛著他的步槍。這時，門突然打開，一陣風把這位小小舞蹈家吹起來，她就像個仙子一樣，飛進爐火，飛到錫兵的身邊，化成了火焰，然後就消失不見了。這時錫兵已經化成了一個錫塊。第二天，女僕清出爐火的灰燼時，她發現錫兵已經變成了一顆小小的錫心，而那位舞蹈家留下的，只有那個閃閃發亮的飾品，只是它現在已經燒得像媒炭一樣黑了。

賞析／餘燼中的錫心

勇敢的錫兵象徵著安徒生對愛情執著的信念與美好的憧憬。缺了腳的小錫兵自知他的渺小與先天的殘缺是不可能得到那舞姿曼妙的小小舞蹈家青睞，就好像安徒生一生中幾次無疾而終的戀情一樣。

小錫兵歷經了幾次的冒險，心中仍然無法忘懷愛人的身影，最後還掉進火爐裡，被熊熊的烈火吞噬。但是安徒生巧妙地安排女舞蹈家也一起被風給吹進了火爐，兩個人就這樣緊緊地融合在錫心當中，這種形式的結合，似乎意味著安徒生也寄望自己一生苦澀的戀情，能有個美好的結局。

▲「堅定的錫兵」雕像，位於奧登賽街上。

小美人魚

The Little Mermaid

小美人魚向上帝的太陽舉起了她光亮的手臂，
她第一次感覺到要流出眼淚。

在海的遠處，水是那麼藍，像最美麗的矢車菊花瓣，同時又是那麼清澈，像最明亮的玻璃。然而它是很深很深的，深的任何錨鏈都達不到底。要想從海底到達水面，必須有許多許多教堂尖塔一個接著一個地連起來才有可能。人魚就住在這下面。

不過，千萬不要以爲那兒只是一片鋪滿了白砂的海底：不是的，那兒生長著最奇異的樹木和植物，它們的枝幹和葉子是那麼柔軟，只要海水輕微地流動一下，它們就搖動起來，好像是活著的東西。所有的大小魚兒在這些枝幹中間游來游去，像是天空的飛鳥。海裡最深的地方是海王宮殿的所在。它的牆是用珊瑚砌成的，它那些尖頂的高窗子是用最亮的琥珀做成的；而且屋頂上鋪著黑色的蚌殼，它們隨著水的流動可以自動地開合。這很好看，因爲每一顆蚌殼裡面都有亮晶晶的珍珠，任何一顆都可以成爲皇后王冠上的飾品。

住在海底下的海王已經做了好多年的鰥夫，但是他有一位老母親爲他管理家務。她是一個聰明的女人，可是對於自己高貴的出身總是感到不可一世，因此她的尾巴上戴著十二顆牡蠣——其餘貴族只能每人戴上六顆。除此以外，她是値得大大的稱贊的，特別是因爲她非常愛那些小小的美人魚公主，也就是她的孫女。她們是六個美麗的孩子，而她們之中，年紀最輕的那個要算是最美麗的了。她的皮膚像玫瑰花瓣一樣又光滑又嬌嫩，她的眼睛像最深的湖水那麼湛藍。不過，跟其他的公主一樣，她沒有腿，她的下半身是一條魚尾。

她們可以把整個漫長的日子花費在皇宮裡，在牆上有鮮花生長的大廳裡。那些琥珀鑲的大窗子是開著的，魚兒朝著她們游來，就像我們打開窗子的時候，燕子會飛進來一樣。不過魚兒一直游向這些小小的公主，在她們的手裡找東西吃，讓她們來撫摸自己。

宮殿外面有一個很大的花園，裡面生長著火紅和深藍的樹木；樹上的果子亮得像黃金，花朵開得像焚燒著的火，枝幹和葉子在不停地搖動；地上全是最細的砂子，但是藍得像硫黃發出的光焰。在那兒，處處都閃著一種奇異的藍色光彩，你會以爲自己是在高高的空中而不是在海底，你的頭上和腳下全是一片藍天。當海非常沈靜的時候，你能看見太陽，它像一朵紫色的花，它的花萼發出各種色彩的光。

在花園裡，每一位小公主都有一塊自己的地方，在那裡她可以隨意挖掘和栽種。有的把自己的花壇佈置得像一條鯨魚，有的則佈置得像一個小美人魚。最年幼的那位卻把自己的花壇佈置得圓圓的，像一輪太陽，而且她也只種像太陽一樣紅的花朵。她是一個古怪的孩子，她很沈默，卻富於沈思。她的姊姊們用從沈船裡所獲得最奇異的東西裝飾她們的花園，而她除了像太陽一樣艷紅的花朵以外，只有一個美麗的大理石雕像。這石雕像是一個美麗的男子，它是用一塊潔白的石頭雕出來的，隨著一艘遇難的船沈到海底。她在這石雕像旁邊種了一株像玫瑰花那樣紅的垂柳，它長得非常茂盛，鮮嫩的枝葉垂向這個石雕像，一直垂到那藍色的砂底。它的倒影發出紫色的光，而且像它的枝條一樣從不靜止，樹根和樹梢看起來像在玩著互相親吻的遊戲。

她最大的快樂是聽些關於海面上人類的故事，她的老祖母不得不告訴她自己知道的一切關於船隻和城市、人類和動物的事情。特別使她感到美好的一件事情是：地上的花兒能散發出香氣來，而海底的花兒卻不能；地上的森林是綠色的，而且人們所看到的在樹枝間游來游去的魚兒會大聲唱著好聽的歌曲，令人感到愉快。老祖母所說的「魚兒」事實上就是小鳥，但是假如她不這樣講的話，小公主就聽不懂她的故事了，因爲她從來沒有看過小鳥。

「等妳滿十五歲的時候，」老祖母說，「妳就可以浮到海面上去。妳就可以坐在月光下的石頭上面，看著巨大的船隻在妳身邊駛過，妳也可以看到樹林和城市。」

明年，這些姊妹中有一位要滿十五歲了；可是其餘的呢——唔，她們一個比一個小一歲。因此最年幼的那位公主還要足足地等五個年頭，才能從海底浮上來看看我們的這個世界。不過每一位答應下一位說，她要把她第一天所看到和發現的最美好的事情講給大家聽，因爲她們的祖母告訴她們的確不太夠——她們希望了解的事情眞不知有多少！

她們誰也沒有像年紀最輕的那位妹妹那樣渴望，而她卻要等待的最久，同時她是那麼地沈默和富於深思。許多個夜晚她站在敞開的窗子旁邊，透過深藍色的海水朝上面凝望，凝望著魚兒揮動著牠們的鰭和尾巴。她還看到月亮和星星，它們發出的光有些蒼白，但是透過海水，它們看起來要比我們眼中看到的大得多。假如有一塊類似黑雲的東西浮過，她便知道這是一條鯨魚在她上面游過去，或是一艘載滿旅客的船。可是這些旅客怎麼也想像不到，他們下面有一位美麗的小美人魚，在朝著他們船隻的龍骨伸出她潔白的雙手。

現在最大的那位公主已經到了十五歲，可以浮到水面上去了。

當她回來的時候，她有無數的事情要講，不過她說，最美的事情是當海上風平浪靜的時候，在月光底下躺在沙灘上，緊貼著海岸凝望那大城市裡亮得像無數星星的燈光，聽著音樂、鬧聲、以及馬車和人的聲音，觀看教堂的高塔，傾聽叮噹的鐘聲。正因爲她不能到那兒去，所以這些也就是她最渴望的東西。

啊，最小的那位妹妹聽得多麼入神啊！當她晚上站在敞開的窗子旁邊，透過深藍色的海水朝上面望的時候，她就想著那個大城市以及那裡熙來攘往的喧鬧聲。於是她想像自己聽到教堂的鐘聲朝著她飄來。

第二年，第二個姐姐可以浮出水面，可以游向任何地方了。她跳出水面的時候，太陽剛剛落下；她覺得這景象美極了。她說，這時整個天空看起來像一塊黃金，而雲朵呢——嗯，她真無法形容它們的美！它們從她頭上掠過，一會兒是紅的，一會兒是紫的。不過，比它們飛得還要快、像一片又白又長的面紗的，是一群掠過水面飛向太陽的野天鵝。她也向太陽游去，可是太陽落下了。一片玫瑰色的晚霞在海面和雲朵之間也慢慢地消逝了。

又過了一年，第三個姐姐浮出水面了。她是她們中最大膽的一位，她游向一條流進海裡的大河裡去了。她看到一些美麗的綠色山脈，上面種滿了葡萄，城堡和莊園在鬱茂的樹林中隱隱地露在外面；她聽到各種鳥兒歌唱，太陽照得多麼暖和，她有時不得不沈入水裡，好使得她灼熱的臉能夠得到一點清涼。在一個小河灣裡她碰到一群人類的小孩子，他們光著身子在水裡游來游去。她很想跟他們玩一會兒，可是他們嚇了一跳，逃走了。一隻小小的黑色動物走了過來——

這是一條小狗，她從來沒有看到過小狗。牠對著她兇狠地吠叫，她害怕地趕快逃到大海裡去。可是她永遠忘記不了那壯麗的森林，那綠色的山，那些能夠在水裡游泳的可愛小孩，雖然他們沒有像魚那樣的尾巴。

第四個姐姐可就沒那麼大膽了。她停留在荒涼的大海上面。她說，最美的事就是停在海上，因爲你可以從那裡向四周很遠很遠的地方望去，同時頭頂上的天空像一個巨大的玻璃鐘。她也看到船隻，不過這些船隻離她很遠，看起來像一隻海鷗。她看到快樂的海豚翻著筋斗，巨大的鯨魚從鼻孔噴出水來，好像有無數的噴泉圍繞著牠們一樣。

現在輪到第五個姐姐了。她的生日是在冬天，所以她能看到其他姐姐們在第一次浮出海面時所沒有看到過的東西。海染上了一片綠色，巨大的冰山在四周浮動。她說每一座冰山看起來像一顆珠子，然而卻比人類所建造的教堂高塔還要大得多。它們以最完美的形狀出現，而且像鑽石一樣閃閃發光。她曾經坐在一個最大的冰山上，讓海風吹著她細長的頭髮，所有的水手都嚇了一跳，驚惶地遠遠避開她坐著的那個地方。不過在黃昏的時候，天空忽然起了一片烏雲，而且閃電、打雷。黑色的海浪掀起整片的冰塊，使它們在雷電中閃著光。所有的船隻都收下了帆，引起了一陣驚惶和恐怖，但是她卻安靜地坐在那浮動的冰山上，望著藍色的閃電，彎彎曲曲地射進反光的海裡。

這些姊妹們中的任何一位，只要是第一次浮到海面上去，總是非常高興地觀看這些新鮮和美麗的東西。可是現在她們已經長大了，可以任意浮近她們喜歡去的地方，因此這些東西就不再引起她們的興趣了，她們渴望回到家裡。一個月之後，她們就說：還是海裡最美麗，家裡是多麼舒服啊！

黃昏的時候，這五個姊妹常常手挽著手地浮上海面，在水面上排成一行。她們唱出好聽的歌聲，比任何人類的聲音還要美麗。每當颳起風暴，她們認爲有些船隻快要出事的時候，她們就浮到這些船的面前，唱起美麗的歌來，說海底下是多麼壯麗，同時告訴這些水手不要害怕沈到海底；然而這些水手聽不懂她們的歌詞。他們以爲這是巨風的聲息，他們也想像不到在海底會看到什麼美好的東西，因爲如果船沈了，船上的人也就淹死了，他們只有死了才能到達海王的宮殿。

有一天晚上，當姊妹們手挽著手浮出海面的時候，年紀最小的那位妹妹單獨地在後面看著她們離去。她好像快哭了，不過人魚是沒有眼淚的，因此她更感到難受。

「啊，我多麼希望我已經十五歲了啊！」她說。「我知道我將會喜歡上面的世界，喜歡在那個世界裡生活和工作的人們。」

最後她終於十五歲了。

「妳現在可以離開我們的手了。」她的祖母老皇太后說。「來吧，讓我把妳打扮得像妳的那些姐姐一樣吧。」

於是她在這小姑娘的頭發上戴了一個白色百合編的花環，不過每一個花瓣都是半顆珍珠。老太太又叫八個大牡蠣緊緊地貼附在公主的尾上，以表示她高貴的地位。

「這讓我眞難受！」小美人魚說。

「爲了漂亮，妳是應該吃點苦頭的。」老祖母說。

哎，她倒眞想能擺脫這些裝飾品，把這沈重的花環扔向一邊！她花園裡的那些紅花，她戴起來要適合多了，但是她不敢這麼做。「再見了！」她說。於是她輕盈和優雅得像一個水泡似地浮出水面了。

當她把頭伸出海面的時候，太陽已經落下了，可是所有的雲朵還是像玫瑰花和黃金似地發著光；同時，在這粉紅色的天上，夜晚的星星已經在美麗地、光亮地眨著眼睛。空氣是柔軟溫和的，海是非常平靜的，這兒停著一艘有三根桅杆的大船。船上只掛了一張帆，因爲沒有一絲風吹動。水手們正坐在索具和帆桁的上面。

這兒有音樂，也有歌聲。當黃昏逐漸變得陰暗的時候，各色各樣的燈籠都一起亮起來了，看起來就好像飄在空中的世界各國的旗幟。

小美人魚一直向船窗那兒游去，每當海浪把她托起來的時候，她可以透過像水晶一樣明亮的窗玻璃，望見裡面站著許多穿著華麗的人；但他們之中最美的，是那位有一對大黑眼珠的年輕王子，他的年紀還不到十六歲。今天是他的生日，正因為這個緣故，今天才這麼熱鬧。

水手們在甲板上跳著舞。當王子走出來的時候，有一百多發火箭一齊向天空射出。天空被照得如同白晝，小美人魚非常驚恐，因此趕快沈到水底。可是不一會兒她又把頭伸出來了，這時她覺得好像滿天的星星都朝著她落下，她從來沒有看到過這樣的焰火。許多巨大的太陽在周圍發出噓噓的響聲，光耀奪目的大魚朝藍色的空中飛躍，而這一切都映到這清明的、平靜的海上。船身被照得那麼亮，連每根細小的繩子都可以看得出來，船上的人當然可以看得更清楚了。啊，這位年輕的王子是多麼英俊啊！當音樂在這光耀燦爛的夜裡響起的時候，他跟其他人握著手，大笑，微笑……

夜已經很晚了，但是小美人魚沒有辦法把她的眼睛從這艘船和這位英俊的王子移開。那些彩色的燈籠熄了，火箭不再向空中發射了，炮聲也停止了，可是在海的深處響起了一種嗡嗡和隆隆的聲音。她坐在水上，隨著海水上下漂浮，所以她能看到船艙裡的東西。可是船加快了速度，船帆先後張起來了。浪濤變大了，沈重的烏雲浮起來了，遠處掣起閃電來了。可怕的暴風雨快要到來了！水手們因此都收下了帆。這條巨大的船在這狂暴的海上搖搖擺擺地向前急駛，浪濤像龐大的黑山似地高漲，好像要折斷桅杆了。可是這船像天鵝似的，一會兒投進浪濤裡，一會兒又在高大的浪頭上抬起頭來。

小美人魚覺得這很有趣，可是水手們卻不這麼認爲。這艘船現在發出碎裂的聲音，它粗厚的壁板被襲來的海濤打彎了，船桅像蘆葦似的折斷了。後來船開始傾斜，水向艙裡沖了進來，這時小美人魚才知道他們遭遇到了危險。她也得當心漂流在水上的船板和船的殘骸。

天空馬上變得漆黑，她什麼也看不見。不過當閃電掣起來的時候，天空又顯得非常明亮，使她可以看出船上的每一個人，現在每個人都在盡力尋找生路。她特別注意那位年輕的王子。當這艘船裂開、向海的深處下沈的時候，她看到了他。起初她非常高興，因爲他現在要落到她這兒來了，可是她又記起人類是不能生活在水裡的，除非他成了死人，否則是不能進入她父親的宮殿的。

不行，決不能讓他死去！所以她從那些漂浮著的船樑和木板之間游過去，一點也沒有想到它們可能把她砸死。她深深地沈入水裡，接著又在浪濤中高高地浮出來，最後她終於到達了那年輕的王子身邊，在這狂暴的海裡，他絕對沒有力量再浮起來。他的手臂和腿已經支撐不住，他美麗的眼睛已經閉起來，若不是小美人魚趕來，他一定是會淹死的。她把他的頭托出水面，讓浪濤載著他們隨處漂流。

第二天早晨，風暴已經過去了。那條船連一塊碎片也沒有。鮮紅的太陽升起來了，在海面上光耀地照著，它似乎在這位王子的臉上注入了生命，不過他的眼睛仍然是閉著的。小美人魚在他清秀的額頭上吻了一下，把他透濕的頭髮往後撥。她覺得他很像她在海底小花園裡的那尊大理石雕像，於是她又吻了他一下，希望他能甦醒過來。

現在她看見眼前有一片陸地，那兒有一群蔚藍色的高山，山頂上閃耀著的白雪看起來像臥在上面的天鵝。沿著海岸是一片美麗的綠色樹林，林子前面有一個教堂或是修道院——她不知道究竟叫做什麼，反正就是一個建築物。它的花園裡長著一些檸檬樹和橘子樹，門前立著很高的棕櫚樹。海在這兒形成一個小灣。水是非常平靜的，但是從這兒一直到那積有許多白色細砂的石崖附近，都是很深的。她托著這位美麗的王子向那兒游去。她把他放到沙上，小心地使他的頭高高地擱在溫暖的太陽光裡。

鐘聲從那幢雄偉的白色建築物中響起，有許多年輕女子穿過花園走出來。小美人魚遠遠地向海裡游去，游到冒在海面上的幾座大石頭的後面。她用海水的泡沫蓋住了她的頭髮和胸部，以免被人看見她小小的面孔，一方面她也可以望著他，看有誰會來到這個可憐的王子身邊。

過了一會兒，一個年輕的女子走過來了。她似乎非常吃驚，不過只有片刻的時間，然後她找來了許多人。小美人魚看到王子漸漸地甦醒過來了，並且向周圍的人微笑著。可是他沒有對著她微笑，當然，他一點也不知道救他的人就是她。她感到非常難過，因此當他被送進那幢高大的建築物裡去的時候，她悲傷地跳進海裡，回到她父親的宮殿裡去了。

她一直都是沈靜和富於深思的，現在她變得更是這樣了。她的姐姐們都問她，她第一次到海面上去究竟看到了些什麼，但是她什麼也沒有說。

有好多個晚上和早晨，她浮出水面，朝她曾經放下王子的那個地方游去。她看到那花園裡的果子熟了，被摘下來了；她看到高山頂上的雪融化了；但是她看不見那個王子。所以她每次回到家來，總是更感到痛苦。她唯一的安慰是坐在她的小花園裡，用雙手抱著那個和王子神似的美麗大理石雕像。可是她再也不照料她的花兒了；這些花兒好像是生長在荒野中，在地上蔓延著，它們的長梗和葉子跟樹枝交纏在一起，使這地方顯得非常陰暗。

最後她再也忍不住了。她把她的心事告訴一個姐姐，不過馬上其他人也都會知道。但是除了她們和別的一、兩個人魚以外（她們只把這秘密轉告給自己幾個知己的朋友），沒有別人知道。她們之中有一位知道那個王子是什麼人，她也看到過那次在船上舉行的慶祝。她知道這位王子是從什麼地方來的，以及他的王國在什麼地方。

「來吧，小妹妹！」其他公主們說。她們彼此把手搭在肩上，一長排地升到海面，一直游到王子的宮殿。

這宮殿是用一種發光的黃色石塊建築的，裡面有許多寬大的大理石台階，其中一個台階還一直伸到海裡。華麗的金色圓塔從屋頂上伸向空中。在圍繞著這整個建築物的圓柱中間，立著許多大理石像，看起來就像是活人一樣。透過那些高大窗子的明亮玻璃，人們可以看到一些富麗堂皇的大廳，裡面掛著貴重的絲窗簾和織錦，牆上裝飾著大幅的美麗圖畫。在最大的一個廳堂中央，有一個巨大的噴泉在噴著水，水柱一直向上面的玻璃圓頂射去，而太陽光又透過這玻璃照射下來，照到水面上，照到生長在這大水池裡的植物上面。

現在她知道王子住在什麼地方了。她在水面上度過好幾個黃昏和黑夜。她遠遠地向陸地游去，比任何姊姊敢去的地方還遠。的確，她甚至游到那個狹小的河流裡去，直到那個壯麗的大理石陽台下面，它長長的陰影倒映在水面上。她在這兒坐著，瞧著那個年輕的王子，而這位王子卻還以爲月光下只有他一個人。

有好幾個晚上，她看到他在音樂聲中乘著那艘飄著許多旗幟的華麗的船。她從綠燈芯草中向上面偷望。當風吹起她銀白色的長面紗的時候，如果有人看到她，會以爲這一隻天鵝在展開牠的翅膀。

有好幾個夜裡，當漁夫們打著火把出海捕魚的時候，她聽到他們對這位王子說了許多稱讚的話。她很高興，覺得當浪濤把他衝擊得半死的時候，是她救了他的生命；她記起他的頭是怎樣緊緊地躺在她的懷裡，她是多麼熱情地吻著他。可是這些事情他一點也不知道，他連做夢也不會想到她。

她漸漸地開始喜歡人類，漸漸地開始盼望能夠在他們之間生活，她覺得他們的世界比她的天地大得多。他們能夠乘船在海上行駛，能夠爬上高聳入雲的大山；他們的土地，連帶著森林和田野伸展開來，她望都望不盡。她希望知道的東西真是不少，可是她的姐姐們都不能回答她所有的問題，因此她只好去問她的老祖母。她對於「上層世界」——這是她給這個世界取的名字——的確知道得相當多。

A BIG: THREE-MASTED : SHIP:
LAY: CLOSE: BY:
MAXWELL ARMFIELD
MCMXI

「如果人類不淹死的話，」小美人魚問，「他們會永遠活下去嗎？他們會不會像我們住在海裡的人魚一樣地死去呢？」

「一點也沒錯，」老太太說，「他們也會死的，而且他們的生命甚至比我們的還要短。我們可以活到三百歲，不過當我們的生命結束時，我們就變成了水上的泡沫，我們甚至連一座墳墓也沒辦法留給我們心愛的人。我們沒有一個不滅的靈魂，我們死後沒辦法以其他形式活下去。我們像那綠色的海草一樣，只要一割斷了，就再也綠不起來！相反地，人類有一個靈魂；它永遠活著，即使身體化爲塵土，它仍是活著的。它升向晴朗的天空，一直升向那些閃耀著的星星！正如我們升到水面，看到人類的世界一樣，他們升向那些不可知的、華麗的、我們永遠不會看見的地方。」

「爲什麼我們沒有一個不滅的靈魂呢？」小美人魚悲哀地問。「只要我能夠變成人，可以進入天上的世界，哪怕在那兒只活一天，我都願意放棄我在這兒所能活的幾百歲的生命。」

「妳決不能有這種想法，」老太太說。「比起上面的人類來，我們在這兒的生活要幸福和美好多了！」

「那麼我就只有死去，變成泡沫在水上漂浮了。我將再也聽不見浪濤的音樂，看不見美麗的花朵和鮮紅的太陽嗎？難道我沒有辦法得到一個永恆的靈魂嗎？」「沒有！」老太太說。「只有當一個人愛妳、把妳當做比他父母還要親切的人的時候；只有當他把他全部的思想和愛情都放在妳身上的時候；只有當他讓牧師把他的右手放在妳的手裡、答應現在和將來永遠對妳忠誠的時候，他的靈魂才會轉移到妳的身上去，而妳就會得到一份人類的快樂。他就會分給妳一個靈魂，而同時他自己的靈魂又能保持不滅。但是這類的事情是從來不會發生的！在我們海底的美麗東西——妳的那條魚尾——陸地上的人卻認爲非常難看。他們不知道什麼是美醜，在他們那兒，一個人想要顯得漂亮，必須有兩條叫做腿的支柱！」

小美人魚嘆了一口氣，悲哀地望了一下自己的魚尾巴。

「我們應該知足！」老太太說。「在我們能活著的這三百年中，讓我們跳舞吧。這是一段相當長的時間，以後我們也可以在我們的墳墓裡愉快地休息了。今晚我們就在宮裡開一個舞會吧！」

那眞是一個壯麗的場面，在陸地上的人們是從來不會看見的。這個大舞廳裡的牆壁和天花板是用透明的厚玻璃砌成的。成千成百的粉紅色和綠色巨型貝殼一排一排地立在四周；裡面燃著藍色的火焰，照亮整個舞廳，照透了牆壁，因而也照亮了外面的海。人們可以看到無數的大小魚群向這座水晶宮裡游來，有的鱗上發著紫色的光，有的則是銀色和金色。

一股寬大的激流穿過舞廳的中央，海裡的男人和女人就在這激流上跳舞唱歌，這樣優美的歌聲，住在陸地上的人們是唱不出來的。

在這些人中，小美人魚唱得最美。大家爲她鼓掌；她有好一會兒感到非常快樂，因爲她知道，在陸地上和海裡只有她的聲音最美。不過她馬上又想起上面的那個世界。她忘不了那個英俊的王子，也忘不了她因爲沒有他那樣不滅的靈魂而引起的悲愁，因此她偷偷地走出父親的宮殿。當那兒正是充滿了歌聲和歡樂的時候，她卻悲哀地坐在她的小花園裡。忽然她聽到一個號角聲從海面上傳來。她想：「他一定在上面的船裡。我愛他勝過我的父親和母親；我時時刻刻想念著他；我把我一生的幸福交到他的手裡。我要犧牲一切來爭取他和一個不滅的靈魂。當我的姐姐們正在父親的宮殿裡跳舞的時候，我要去拜訪海的巫婆。我一直非常怕她，但是她也許能給我一些幫助和建議。」

於是小美人魚走出了花園，向一個掀起泡沫的漩渦走去——巫婆就住在它的後面。她從來沒有走過這條路。這兒沒有花，也沒有海草，只有光凸凸的一片灰色沙底，一直朝漩渦那兒伸去。水在這兒像一架喧鬧的水車似地旋轉著，把它所碰到的東西都轉到水底去。要到達巫婆住的地方，她必須走過這急轉的漩渦。有好長一段路程需要通過一條冒著熱泡的泥地，巫婆把這地方叫做她的泥煤田。在這後面有一個神祕的森林，她的房子就在裡面，所有的樹和灌木林全是些珊瑚蟲，一種半植物和半動物的東西。它們看起來很像地裡冒出來的多頭蛇。它們的枝椏全是長長的、黏糊糊的手臂，它們的手指像蠕動的蟲子一樣，從根部到頂部都是一節一節地在顫動。它們緊緊地盤住它們在海裡所能抓得到的東西，一點也不放鬆。

小美人魚在這森林前停下腳步，顯得非常驚慌。她害怕得跳起來，幾乎想轉身回去。但是當她一想起那位王子和人的靈魂的時候，她就又有了勇氣。她把她飄動著的長頭髮牢牢地纏在她的頭上，好使珊瑚蟲抓不住她。她把雙手緊緊地貼在胸前，於是她像水裡跳著的魚兒似的，在這些醜惡的珊瑚蟲中往前跳走，而這些珊瑚蟲只能在她後面揮舞著它們的長臂和手指。她看到它們每一個都抓住了什麼東西，無數的小手臂盤住它，像堅固的鐵環一樣。那些在海裡淹死和沈到海

底下的人們，在這些珊瑚蟲的手臂裡露出白色的骸骨。它們緊緊地抱著船舵和箱子，抱著陸上動物的骸骨，還抱著一個被它們抓住和勒死了的小美人魚——這對她說來是最可怕的一件事情。

現在她來到了森林中一塊黏糊糊的大空地上。這兒肥胖的大水蛇在翻動著，露出牠們淡黃色的、奇醜的肚皮。在這塊地中央有一幢用死人的白骨砌成的房子。海的巫婆就坐在這兒，用她的嘴餵一隻癩蛤蟆，就像我們人用糖餵一隻小金絲雀一樣。她把那些又醜又肥的水蛇叫做她的小雞，同時讓牠們在她肥大的、柔軟的胸口上爬來爬去。

「我知道妳要的是什麼，」海的巫婆說。「妳眞是個傻東西！不過，我親愛的公主，我還是會讓妳達到妳的目的，因爲這將會帶妳走向一個悲慘的結局。妳想要去掉妳的魚尾巴，生出兩根支柱，像人類一樣能夠走路。如此一來，那個王子就會愛上妳，妳就可以嫁給他，因而也得到一個不滅的靈魂。」這時巫婆發出可怕的大笑聲，癩蛤蟆和水蛇都滾到地上爬來爬去。「妳來的正是時候，」巫婆說。「明天太陽出來以後，我就沒有辦法幫助妳了，只能再等待一年了。我可以給妳一副藥，在太陽出來以前，趕快游向陸地。妳就坐在海灘上，把這副藥吃掉，然後妳的尾巴就可以分成兩半，縮成人類所謂的漂亮的腿了。不過這是很痛的，就好像有一把鋭利的刀砍進妳的身體。看到妳的人一定會說妳是他們所見過的最美麗的！妳將仍舊會保持妳像游泳似的步子，任何舞蹈家也不會跳得像妳那樣輕柔。不過妳的每一個步伐將會使妳覺得好像是在尖刀上行走，好像在流著血。如果妳能忍受得了這些苦痛，我就可以幫助妳。」

「我可以，」小美人魚用顫抖的聲音說，心中想起了那個王子和她想獲得的不滅的靈魂。

「可是要記住，」巫婆說，「一旦變成了人的形體，就再也不能變成人魚了，就再也不能再回到水中見妳的姐姐，或回到妳父親的宮殿裡去了。同時如果妳得不到那個王子的愛，不能使他爲妳而忘記自己的父母、全心全意地愛妳、叫牧師把你們的手放在一起結成夫婦的話，妳就不會得到一個不滅的靈魂。在他跟別人結婚的頭一天早晨，妳的心就會碎裂，妳就會變成水上的泡沫。」

「我願意！」小美人魚說，但她的臉像死人一樣慘白。

「但是妳還得給我酬勞！」巫婆說，「而且我要的並不是一件微小的東西。在海底的人們中，妳的聲音要算是最美麗的了。妳想用這聲音去迷住他，可是這個聲音妳得交給我。我必須得到妳最好的東西，以換取我貴重的藥物！我得把我自己的血放進這藥裡，好使它像一把雙刃的利刀！」

「不過，如果妳把我的聲音拿去了，」小美人魚說，「那麼我還剩下什麼東西呢？」

「妳還有美麗的身材呀，」巫婆回答說，「妳還有優雅的步伐和富於表情的眼睛呀。有了這些東西，妳就很容易迷住一個男人了。唔，妳已經失掉勇氣了嗎？伸出妳小小的舌頭吧，我可以把它割下來作爲報酬，妳也可以得到這服具有魔力的藥了。」

「就這樣辦吧。」小美人魚說。於是巫婆就把大鍋子準備好，來煎這服富有魔力的藥了。

「清潔是一件好事，」她說；於是她用幾條蛇打成一個結，用它來洗擦這鍋子。然後她把自己的胸口抓破，讓她的黑血滴到鍋子裡去。藥的蒸氣奇形怪狀地升到空中，看起來很嚇人。每隔一會兒巫婆就加一點新的東西到鍋子裡去。當藥煮到滾開的時候，有一個像鱷魚的哭聲飄了出來。藥終於煎好了，它看起來就像是純淨的水。

「拿去吧！」巫婆說。於是她把小美人魚的舌頭割掉了，她現在成了一個啞巴，既不能唱歌，也不能說話。

「當妳穿過我的森林回去的時候，如果珊瑚蟲捉住了妳，」巫婆說，「妳只須把這藥水灑一滴到它們的身上，它們的手臂和指頭就會裂成碎片，向四周紛飛了。」可是小美人魚沒有必要這樣做，因爲當珊瑚蟲一看到這亮晶晶的藥水——她的手裡亮得像一顆閃耀的星星——它們就在她面前惶恐地退縮回去了。因此，她很快地就走過了森林、沼澤和湍急的漩渦。

她可以看到她父親的宮殿了。那大舞廳裡的火把已經熄滅，裡面的人一定已經入睡了。不過她不敢再去看他們，因爲她現在已經是一個啞巴，而且就要永遠離開他們。她的心難過得似乎要裂成碎片。她偷偷地走進花園，從每個姐姐的花壇上摘下一朵花，對著皇宮用手指飛了一千個吻，然後她就浮出這深藍色大海。當她看到那王子的宮殿的時候，太陽還沒有升起來，於是她走上那大理石台階。月亮照得透明，非常美麗。小美人魚喝下那副強烈的藥，她馬上感覺到好像有一把雙面的利刀劈開她纖細的身體，她昏倒下來好像死去一樣。當太陽照到海上的時候，她才醒過來，她感到一陣劇痛。這時有一位年輕俊美的王子正立立在她的面前，他烏黑的眼珠正在望著她。她低下頭來，這時她發現她的魚尾已經沒有了，而獲得一雙只有少女才有的、最美麗的小小白腿。可是她沒有穿衣服，所以她用她濃密的長頭髮來

Edmund Dulac

掩住自己的身體。王子問她是誰，怎樣到這兒來的。她用她深藍色的眼睛溫柔而又悲哀地望著他，因爲她現在已經不會講話了。他挽著她的手，把她領進宮殿裡去。正如那巫婆跟她講過的一樣，她覺得每一步都好像是走在錐子和利刀上，可是她情願忍受這苦痛。她挽著王子的手臂，走起路來輕盈得像一個水泡。王子和所有的人都望著她這優雅輕盈的步乏而感到驚奇。

現在她穿上了絲綢和薄紗做的貴重衣服。她是宮裡最美麗的人，然而她是一個啞巴，既不能唱歌，也不能講話。漂亮的女奴隸們穿著絲綢，戴著金銀飾物，走上前來爲王子和他尊貴的父母唱著歌。有一個奴隸唱得最迷人，王子不禁鼓起掌來，對她發出微笑。這時小美人魚感到一陣悲哀，她知道，她的歌聲比那種歌聲要美得多！她想：「啊！希望他知道，爲了要和他在一起，我永遠犧牲了我的聲音！」

現在奴隸們跟著美妙的音樂跳起優雅的、輕飄飄的舞來。這時小美人魚就舉起她一雙美麗的、白嫩的手，用腳尖站著，在地板上輕盈地跳著舞，從來沒有人這樣舞過。她的每一個動作都襯托出她的美，她的眼珠比奴隸們的歌聲更能打動人心。

大家都看得入了迷，特別是那位王子，他把她叫做他的「孤兒」。她不停地舞著，雖然每次她的腳接觸到地面的時候，她就像是在銳利的刀上行走一樣。王子說，她此後應該永遠跟他在一起；因此她得到了許可睡在他門外一個天鵝絨的墊子上面。

他叫人爲她做了一套男裝，好使她可以陪他騎著馬。他們走過香氣撲鼻的樹林，綠色的樹枝掃過他們的肩膀，鳥兒在新鮮的葉子後面唱著歌。她和王子爬上高山，雖然她纖細的腳已經流出血，而且大家都看見了，她仍然只是微笑地繼續伴隨著他，一直到他們看到雲朵在下面移動、像一群飛往遙遠國家的小鳥爲止。

在王子的宮殿裡，當夜裡大家都睡了之後，她就向那寬大的大理石台階走去，爲了使她那雙燒灼的腳可以感到一點清涼，她站進寒冷的海水裡。這時她想起了住在海底的魚人們。

有一天夜裡，她的姐姐們手挽著手浮上來了。她們一面在水上游泳，一面唱著淒愴的歌。這時她就向她們招手，她們認出了她，還說她曾經多麼讓她們難過。從此之後，她們每天晚上都來看她。有一晚，她遠遠地看到了多年不曾浮出海面的老祖母和戴著王冠的海王。他們對她伸出手來，但他們不像她的那些姐姐那樣游近地面。

王子一天比一天更愛她。他像愛一個可愛的好孩子那樣愛她，但是他從來沒有娶她爲皇后的想法。然而她必須做他的妻子，否則她就不能得到一個不朽的靈魂，而且會在他結婚的第一個早上就變成海上的泡沫。

「在所有的人中，你是最愛我的嗎？」當他把她抱進懷裡吻她漂亮的前額的時候，小美人魚的眼睛似乎在這樣說。

「是的，妳是我最心愛的人！」王子說，「因為妳是所有人中最善良的。妳是我最深愛的人，妳讓我想起某次看到過的一個年輕女子，可是我再也沒有見過她。那時我坐在一艘船上，這船已經沈了。巨浪把我推到一座神廟旁的岸上，有幾個年輕女子在那兒祈禱。她們最年輕的一位在岸旁發現了我，因此救了我的生命。我只看到過她兩次：她是我在這世界上唯一能夠愛的人，但是妳很像她，妳幾乎取代了她在我的心中的地位。她是屬於這個神廟的，因此我的幸運把妳送給了我。我們永遠不要分離！」

「啊，他竟不知道我才是救了他的生命的人！」小美人魚想。

「我把他從海裡拖出來，送到神廟所在的一個樹林裡。我躲在泡沫後面，窺望是不是有人會來。我看到那個美麗的姑娘，他愛她勝過於愛我。」這時小美人魚深深地嘆了一口氣，她哭不出聲來。「他曾說過，那個姑娘是屬於那個神廟的，她永不會走向這個人間的世界裡來，他們永不會見面了。我是跟他在一起，每天看到他的。我要照顧他，熱愛他，對他獻出我的生命！」

現在大家都在說王子快要結婚了，她的妻子就是鄰國君主的漂亮女兒。他爲這事特別裝備好了一艘美麗的船。「大家都說，王子要到鄰近王國裡去觀光，事實上他是爲了要去看鄰國君主的女兒。他將帶著一大批隨員同去。」小美人魚搖了搖頭，微笑了一下，她比任何人都能了解王子的心事。

「我得去一趟！」他對她說過，「我得去看一位美麗的公主，這是我父母的命令，但是他們不能強迫我把她作爲未婚妻帶回家來！我不會愛她的。她不像神廟裡的那個美麗的姑娘，而妳卻很像。如果我要選擇新娘，我會先選妳——妳是我的啞巴孤兒，有一雙能講話的眼睛。」

於是他吻了她鮮紅的嘴唇，摸撫著她的長髮、把他的頭貼到她的胸口上，使得她又夢想起人間的幸福和那不朽的靈魂來。

「妳好像不害怕海，我的啞巴孤兒！」他說，這時他們正站在那艘華麗的船上，它正向鄰近的王國開去。他告訴她關於風暴和平靜的海，深海裡奇奇怪怪的魚，和潛水夫在海底所能看到的東西。對於他說的這些故事，她只是微微地一笑，因爲關於海底的事她比任何人都清楚。

在月光照耀的夜裡，大家都睡了，只有掌舵人站在舵旁。這時她就坐在舷牆旁，凝望著下面清亮的海水，她想像著看到了她父親的王宮；她的老祖母頭上戴著銀做的皇冠，站在離她最近的地方，透過激流朝這條船的龍骨瞭望。她的姐姐們都浮到水面上來了，她們悲哀地望著她，苦痛地扭著她們白淨的手。她向她們招手微笑，同時很想告訴她們，說她現在一切都很美好和幸福。不過這時船上的一個侍者忽然向她這邊走來，她的姐姐們馬上就沈到水裡，侍者以爲自己所看到的那些白色的東西，只不過是海上的泡沫。

第二天早晨，船開進鄰國壯麗皇城的港口。所有教堂的鐘都響起來了，號笛從許多高樓上吹來，士兵們拿著飄揚的旗子和閃閃發亮的刺刀在敬禮。每天都有慶祝活動，舞會和晚會在輪流舉行著，可是公主還沒有出現。人們說她在一個遙遠的神廟裡受教育，學習皇家的一切美德。最後她終於到來了。

小美人魚迫切地想要看看她的美貌。她不得不承認她的美了，她從來沒有看見過比這更美的形體。她的皮膚是那麼細嫩、潔白；在她黑長的睫毛下是一對微笑的、忠誠的深藍色眼珠。

「就是妳！」王子說，「當我像一具死屍躺在岸上的時候，是妳救活了我！」於是他把這位羞答答的新嫁娘緊緊地抱在自己懷裡。「啊，我太高興了！」他對小美人魚說，「我從來不敢希望的最好的東西，現在終於成爲事實了。妳會爲我的幸福而高興吧，因爲妳是我最喜歡的人！」

小美人魚把他的手吻了一下，她覺得她的心碎了。他舉行婚禮後的第一個早晨，她就會死亡，她就會變成海上的泡沫。

教堂的鐘都響起來了，傳令官騎著馬在街上宣佈訂婚的喜訊。每一個祭臺上，芬芳的油脂在貴重的油燈裡燃燒。祭司們揮著香爐，新郎和新娘互相挽著手來接受主教的祝福。小美人魚這時穿著絲綢，戴著金飾，托著新嫁娘的披紗，可是她的耳朵聽不見這歡樂的音樂，她的眼睛看不見這神聖的儀式。她想起了她的最後一晚，和她在這世界已經失去了的一切東西。

同一天晚上，新郎和新娘來到船上。禮炮響起來了，旗幟飄揚著。一個金色和紫色的皇家帳篷在船中央架了起來，裡面有最美麗的墊子。在這兒，這對美麗的新婚夫婦將度過他們這清涼和寂靜的夜晚。

船帆在微風中飄著；船在這清亮的海上輕柔地航行著。

暮色漸漸垂下來的時候，彩色的燈光就亮起來了，水手們愉快地在甲板上跳起舞來。小美人魚不禁想起她第一次浮到海面上來的情景，想起她那時看到的同樣華麗和歡樂的場面。她於是跳舞起來，飛翔著，就像一隻被追逐的燕子在飛翔著一樣。大家都在爲她喝采，稱贊她，她從來沒有跳得這麼美麗。銳利刀子似乎在砍著她的腳，但是她並不感覺到痛，因爲她的心比這還要痛。

她知道這是她看到他的最後一晚。爲了他，她離開了她的族人和家庭，她交出了她美麗的聲音，她每天忍受著沒有止境的苦痛，然而他卻一點兒也不知道。這是她能和他在一起呼吸同樣空氣的最後一晚，這是她能看到深沈的海和布滿了星星的天空的最後一晚。同時一個沒有思想和夢境的永恆的夜在等待著她——她沒有靈魂，而且也得不到一個靈魂。過了午夜，船上的一切還是歡樂和愉快的。她笑著，舞著，但是心中懷著死亡的念頭。王子吻著自己美麗的新娘，新娘撫弄著他烏亮的頭髮；他們手挽著手到那華麗的帳篷裡去休息了。

船上現在很安靜了，只有舵手站在舵旁。小美人魚把她潔白的手臂倚在舷牆上，向東方凝望，等待著晨曦的出現。她知道，第一道太陽光就會使她滅亡。突然她看到她的姐姐們浮出了水面。她們像她自己一樣地蒼白，她們美麗的長髮已經不在風中飄蕩了，因爲已經被剪掉了。

「我們已經把頭髮交給了海的巫婆，希望她能幫助妳，使妳不至於滅亡。她給了我們一把刀子。拿去吧，妳看，它是多麼銳利！在太陽還沒出來之前，妳得把它插進那個王子的心臟，當他的熱血流到妳腳上時，妳的雙腳將會又連在一起，成爲一條魚尾，那麼妳就可以恢復人魚的原形，妳就可以回到我們這兒來；這樣，在妳還沒變成無生命的海水泡沫之前，妳仍舊可以活過妳三百年的歲月。快動手！在太陽還沒有出來之前，不是他死，就是妳死了！我們的老祖母悲慟得連她的白髮都掉光了，正如我們的頭髮在巫婆的剪刀下落掉一樣。刺死那個王子，趕快回來吧！快動手呀！妳沒有看到天上的紅光嗎？幾分鐘後太陽就要出來了，那時妳就一定會滅亡！」

她們發出一個奇怪的、深沈的嘆息，然後她們便沈入浪濤裡了。

小美人魚把那帳篷上紫色的簾子掀開，看到那位美麗的新娘把頭枕在王子的懷裡睡著了。她彎下腰，在王子漂亮的額頭上吻了一下，然後凝望著天空——朝霞漸漸地變得更亮了。她向尖刀看了一眼，接著又把視線轉向這個王子；他正在夢中喃喃地念著他的新娘的名字。他的心中只有她存在。刀子在小美人魚的手裡發抖，但是正在這時候，她把這刀子遠遠地向浪濤裡扔去。刀子沈下的地方發出一道紅光，好像有許多血滴濺出了水面。她再一次把她模糊的視線投向這王子，然後她就從船上跳入海裡，她覺得她的身軀正在融化成爲泡沫。

現在太陽從海裡升起來了，陽光柔和地、溫暖地照在冰冷的泡沫上。小美人魚並沒有感到滅亡，她看到了光明的太陽，而且在她上面有無數透明的、美麗的生物在飛舞著。透過它們，她可以看到船上的白色船帆和天空的紅色雲朵。它們的聲音是和諧的音樂，可是那麼虛無縹緲，人類的耳朵簡直沒有辦法聽見，正如地上的眼睛不能看見它們一樣。它們沒有翅膀，只是憑它們輕飄的形體在空中浮動。小美人魚覺得自己也獲得了它們這樣的形體，漸漸地從泡沫中升起來。

「我將朝誰走去呢？」她問。她的聲音跟這些其他的生物一樣，顯得虛無縹緲，人世間的任何音樂都不能和它相比。

「到天空的女兒那兒去呀！」其他聲音回答說。「人魚是沒有不滅的靈魂的，而且永遠也不會有這樣的靈魂，除非她獲得了一個凡人的愛情。她若想要永恆的存在必須依靠外來的力量。天空的女兒也沒有永恆的靈魂，不過她們可以通過善良的行爲創造出一個靈魂。我們飛向炎熱的國度裡去，那兒散佈著病疫的空氣正傷害著人們，我們可以吹起清涼的風，在空氣中散播花香，我們可以散佈健康和愉快的精神。三百年以後，當我們盡力做完了我們可能做的一切善行之後，就可以獲得一個不滅的靈魂，就可以分享人類一切永恆的幸福了。妳，

可憐的人魚，像我們一樣，曾經全心全意地爲那個目標而奮鬥。妳忍受過痛苦，妳堅持下去了；妳已經超升到精靈的世界裡來了。透過妳的善行，三百年之後，妳就可以爲自己創造出一個不滅的靈魂。」

小美人魚向上帝的太陽舉起了她光亮的手臂，她第一次感覺到要流出眼淚。

在那條船上，人聲和活動又開始了。她看到王子和他美麗的新娘在尋找她。他們悲傷地望著那翻騰的泡沫，好像知道她已經跳到浪濤裡去了似的。冥冥中她吻著這位新嫁娘的前額，她對王子微笑。於是她跟其他的孩子們一道騎上玫瑰色的雲朵，升到天上去了。

「這樣，三百年以後，我們就可以升入天國！」

「我們也許不必等那麼久！」一個聲音低語著。「我們無形地飛進人類的房子裡去，那裡有一些孩子。如果每一天我們都找到一個好孩子，讓他帶給父母快樂、獲得父母的愛，上帝就可以縮短我們考驗的時間。當我們飛過屋子的時候，孩子是不會知道的。當我們快樂地對著他笑的時候，我們就可以在這三百年中減去一年；但當我們看到一個頑皮和惡劣的孩子，而不得不傷心地哭出來的時候，那麼每一顆眼淚就會使我們考驗的日子多加一天。」

賞析／領悟的眼淚

《小美人魚》是一篇充滿浪漫意味的童話，故事裡肯定了人性中為愛犧牲奉獻的高貴情操與對不滅靈魂的追求。

小美人魚對愛的渴望讓她不惜犧牲一切只為了成為一個真正的「人」，然而要進入這「人」的領域，卻也必須通過王子對她的愛，她才能真正擁有一個人的「靈魂」，否則一切將只是幻影。

她歷經困難、承受劇痛，一切的力量皆來自於她對王子忠貞不渝的愛情。雖然這份愛情得不到實際的回報，但在面臨生死的抉擇時，小美人魚卻以開闊的心胸將這份愛情昇華，情願犧牲也不願傷害心愛的王子，最後她也因為這無私的愛情得到了人魚夢寐以求的「不滅靈魂」，小美人魚的生命不再短暫，她帶著上帝的愛走向了永恆。

打火匣
The Tinder-Box

送許多錢給窮人是一種善行，
因為他想起自己貧窮時的可怕情況。

有一個士兵在公路上大步走著——一、二！一、二！他背著一個行軍袋，腰上掛著一把劍，他已經參加過好幾次戰爭，現在正要回家去。他在路上碰見一個老巫婆；哦，她的長像眞是可怕：她的下嘴唇垂到了胸口。

「你好，士兵！」她說，「你的劍眞好，你的行軍袋眞大，你眞是一個不折不扣的士兵！現在你想要有多少錢就可以有多少錢了。」

「謝謝你，老巫婆！」士兵說。

「你看見那棵大樹了嗎？」巫婆指著公路旁的一棵樹說：「那棵樹是空心的。如果你爬到樹的頂端，就可以看到一個洞口。你從那裡往下一溜，就可以鑽進樹身裡去。我會在你的腰上綁一條繩子，這

MABEL
LUCIE
ATTWELL

樣，你叫我的時候，我就可以把你拉上來。」

「我到樹身裡去做什麼？」士兵問。

「拿錢啊！」巫婆回答說。「我告訴你，你一鑽進樹底下，就會看到一條寬敞的通道。那裡點著一百多盞明燈，所以很亮。然後你會看見三道門，每一道都可以打開，因爲鑰匙就插在門鎖上。當你走進第一個房間，你會看到房中央有一口大箱子，箱子上面坐著一隻狗，牠的眼睛有茶杯那麼大。但是你不要理牠，我會把我的藍格子圍裙給你，只要把它鋪在地上，然後趕快過去把那隻狗抱起來放在我的圍裙上，把箱子打開，你想要多少錢就可以拿多少。這些錢都是銅鑄的。但是如果你想取得銀鑄的錢，就得走進第二個房間。那兒也坐著一隻狗，牠的眼睛有水車輪那麼大。可是你也不要理會牠，你只管把牠放在我的圍裙上，就可以把錢取出來。可是，如果你想得到金子，你也可以達到目的——你拿得動多少就可以拿多少——只要你進入第三個房間。不過那裡有隻狗坐在錢箱上，牠眼睛就像哥本哈根的圓塔那麼大。你要知道，它才算得上是一隻狗啦！可是你根本不必理會牠，你只要把牠放在我的圍裙上，牠就不會傷害你了。然後，你想取出多少金子，就取出多少。」

「這聽起來倒不壞，」士兵說。「不過我要拿什麼東西來酬謝你呢，老巫婆？我想你不會什麼也不要吧！」

「我什麼都不要，」巫婆說，「我不要任何錢。你只要替我把我祖母上次掉在那裡的一個舊打火匣取出來就可以了。」

「好吧！那就請妳把繩子繫到我腰上吧。」士兵說。

「好吧。」巫婆說：「這是我的藍格子圍裙。」

於是士兵爬上樹，從洞口滑下去了。正如老巫婆說的一樣，他來到了一條點著幾百盞明燈的大通道上。

他打開第一道門。哎呀！那兒坐著一條狗，眼睛有茶杯那麼大，而且直瞪著他。

「你這個好傢伙！」士兵說，一邊把牠抱到巫婆的圍裙上。然後他取出銅錢來，他的口袋能裝多少就裝多少。然後他關上箱子，把狗兒又放到上面後，就走進第二個房間。天啊！那裡坐著一隻眼睛有水車輪那麼大的狗。

「你不應該這樣盯著我，」士兵說。「這樣會把你的眼睛弄壞。」於是他把狗兒抱到女巫的圍裙上。當他看到箱子裡滿滿的銀幣時，就把銅板都扔掉，把口袋和行軍袋都裝滿了銀幣。隨後他就走進第三個房間。天啊！那情景可眞是嚇人！房間裡的那隻狗，眼睛眞的有圓塔那麼大，它們骨碌碌地轉著，簡直像輪子一樣！

「晚安！」士兵說，他把手舉到帽子邊緣行了個禮，因爲他從來沒有看見過這樣的狗。他稍微看了牠一下，心想著「現在差不多了」，就把牠抱下來放到地上，然後把箱子打開。天啊！那裡面的金子眞是多呀！他可以用這些金子把整個哥本哈根都買下來，還可以把賣糕餅女人的糖豬、所有的錫兵、鞭子和木馬全部都買下來。是的，這些錢可眞多！於是，士兵把他的口袋和行軍袋裡的銀幣全都倒出來，把金子裝進去。是的，他把口袋、行軍袋、帽子和皮靴全都裝滿了，重得他幾乎走不動。現在他確實有錢了，於是他把狗兒放回箱子上去，關好了門，在樹裡朝上面喊：「把我拉上去呀，老巫婆！」

「你拿到打火匣了嗎？」巫婆問。

「啊！沒有！」士兵說。「我把這件事忘得一乾二淨了！」於是他又回去把打火匣拿出來。巫婆把他拉了上來，所以他又回到馬路上了。他的口袋、皮靴、帽子和行軍袋全都裝滿了錢。「你要這打火匣做什麼？」士兵問。

「這不關你的事，」巫婆說，「你已經拿到了錢，只管把打火匣給我就是了。」

「妳休想！」士兵說，「妳要它做什麼，立刻告訴我，否則我就拔出劍把妳的頭砍下來！」

「我不能告訴你！」巫婆大聲說。

士兵砍掉了她的頭，她倒在地上。士兵把所有的錢都包在圍裙裡，捆起來背在肩上，然後把打火匣放在口袋裡，朝城裡走去。

這是一個壯麗的城市！他住進了一間最豪華的旅館，要了最上等的房間和他最喜歡的酒菜，因爲他現在是個富翁，有的是錢。

替他擦皮靴的僕人覺得，像他這樣一位富有的紳士，他穿的這雙皮靴眞是舊得太滑稽了，但是他還來不及買新的。第二天，他買到了非常時髦的靴子和衣服。現在，這位士兵成了煥然一新的紳士了，大家把城裡所有的事情都告訴他，還告訴他關於國王的事情，以及國王的女兒是一位非常美麗的公主。

「在什麼地方可以看到她？」士兵問。

「誰也不能見到她，」大家齊聲說。「她住在一幢寬大的銅宮裡，周圍有好多道牆和好幾座塔。只有國王才能進入，因爲從前曾經有過一個預言，說她將會嫁給一個普通的士兵，可是國王怎麼能夠接受這樣的婚事呢！」

「我倒想看看她！」士兵想。不過他當然得不到許可。

他現在生活得很愉快。他可以到戲院看戲，到國王的花園逛，送許多錢給窮人。這是一種善行，因爲他想起自己貧窮時的可怕情況。現在他有錢了，有華美的衣服，也交了很多朋友。這些朋友都說他是一個好人，一個完美的紳士，而士兵很喜歡聽這類的話！不過他每天只是在花錢，卻沒有賺進任何一毛錢，最後他發現自己只剩下兩個錢幣了。因此，他不得不從那些漂亮的房間搬出來，住到頂層的一間小閣樓裡去；在那裡，他必須自己擦皮靴，自己縫補衣物了。沒有一個朋友來看他，因爲到閣樓裡要爬很高的梯子。

有一天晚上天很黑，他連一根蠟燭也買不起。這時他忽然想起，他還有一根蠟燭頭放在那個打火匣裡——他幫巫婆到那空樹底下取出來的那個打火匣。於是他把打火匣和蠟燭頭取出來。但是當他在火石上擦了一下，火星一冒出來的時候，房門忽然打開了，站在他面前的，是他在樹底下看見的那隻眼睛有茶杯大的狗。牠說：「我的主人，有什麼吩咐？」

「這是怎麼一回事？」士兵大聲說。「這眞是一個奇妙的打火匣。我倒想看看它是不是能拿到我要的東西！替我弄些錢來！」他對狗兒說。於是狗兒噗的一聲不見了，但是噗的一聲又回來了，嘴裡銜著一大袋銅幣。

現在士兵知道這是一個很棒的打火匣。只要他劃一下，那隻坐在銅錢箱子上的狗兒就出現；如果他劃兩下，那隻坐在銀錢箱的狗兒就會出現；要是他劃三下，就換坐在金箱子的狗兒出現。因此，士兵又搬回那華美的房間裡，又穿起漂亮的衣服來了，他所有的朋友馬上又認得他了，而且還非常喜歡他。

有一天他想著：「沒有人能去看那位公主，眞是件怪事。大家都說她很美；不過，她老是被關在那有許多塔樓的銅宮裡，有什麼意思呢？難道就沒有方法看到她嗎？我的打火匣在哪裡？」他劃了一下，噗的一聲，那隻眼睛像茶杯一樣大的狗兒出現了。

「我知道現在是半夜了，」士兵說，「不過我很想看看那位公主，只要一下子就好。」

狗兒立刻跑出門，士兵都還來不及思考，牠已經把公主帶回來了。她坐在狗的背上睡得很熟，已經熟睡。她是那麼的嬌美，一看就知道是一位眞正的公主。士兵情不自禁吻了她，因爲他是一個不折不扣的士兵呀！

狗兒又帶著公主回去了。但是次日早晨，國王和王后正在吃早餐的時候，公主說她昨晚做了一個奇怪的夢，夢見一隻狗和一個士兵，她騎在狗的背上，那個士兵還吻了她一下。

「我只能說，這是一個很美麗的故事！」王后說。

因此，第二天夜裡有個宮女就得守在公主的床邊，看看這到底是不是個夢。

士兵非常想再看到這位美麗的公主，因此狗兒晚上又來了，牠帶著她以最快速度跑走了。但是老宮女穿上長統靴，以同樣的速度在後面追趕。她看到他們跑進一幢大房子裡去的時候，她想：「我現在知道牠住在什麼地方了。」於是她用粉筆在這門上畫了一個大十字。隨後她就回去睡覺了，狗兒也把公主送回去了。不過當牠看見士兵住的那幢房子的門上畫著一個十字的時候，牠也拿了一支粉筆，把城裡所有的門上都畫了一個十字。牠很聰明，因爲所有的門上都畫有十字，那個宮女就找不到正確的地方了。

第二天一大早，國王、皇后、那個老宮女，以及所有的官員都要去看看公主所到的究竟是什麼地方。

當國王看到第一個畫有十字的門，他大聲地說：「就是那裡！」但是皇后發現另一個門上也畫有十字，她說：「親愛的，不是在這裡呀！」

這時，大家都齊聲說：「那裡有一個！那裡也有一個！」他們無論朝什麼地方看，每個門上都畫有十字。所以他們很清楚，繼續再找下去是沒有用的！

不過，皇后是一個非常聰明的女人，她並不是只會坐馬車，她還能做一些別的事情。她取出一把金色大剪刀，剪了一大塊絲綢，縫了一個很精緻的小袋子。她在袋子裡裝滿了很細的蕎麥粉，接著把它綁在公主的背上。然後她在袋子上剪了一個小洞，如此一來，公主走過的地方就都會撒上細粉。

晚上狗兒又來了。牠把公主背到背上，帶著她跑到士兵那兒去。這個士兵現在非常愛她，他很希望自己是一位王子，這樣就可以和她結婚了。

狗兒完全沒有注意到，麵粉已經從皇宮一路撒到士兵住處的窗子上，牠就是在這兒背著公主沿著牆爬進去的。早晨，國王和王后已經很清楚地知道，他們的女兒曾經到過什麼地方。於是，他們把那個士兵抓來，關進了牢裡。

他現在坐在牢裡了。啊，那裡面眞是黑暗沈悶呀！人們對他說：「明天你就要被絞死了。」這可不是開玩笑的，而且他把他的打火匣忘掉在旅館裡。第二天早晨，他從小窗的鐵欄杆裡望見許多人急忙出城來看他上絞架。他聽到鼓聲，還看到士兵齊步走著。所有的人都在跑著，其中有一個是鞋匠的學徒，他穿著皮製圍裙和一雙拖鞋，因爲跑得太快了，一隻拖鞋飛了出去，打到士兵所坐著的那間牢房的牆上。那個士兵正在鐵欄杆後面朝外望。

「喂，你這個鞋匠的學徒！」士兵大聲說。「你不要跑得這麼快呀！在我還沒到刑場之前，沒有什麼好看的呀。不過，如果你跑到我住的地方把我的打火匣拿來，我可以給你四先令。但是你得跑快一點才行。」這個鞋匠的學徒很想得到四先令，所以就趕快跑回去把那個打火匣拿來給士兵，於是——我們就可以知道事情起了什麼變化。

城外一座高大的絞刑架已經豎起來，四周站滿了士兵和成千上萬的民眾。國王和王后坐在審判官和全部陪審員對面一個華麗的王座上。

那個士兵已經站到梯子頂部來了。不過，當他們正要把絞索套到他脖子上的時候，他說，一個罪人在接受行刑以前，都應該可以有一些小要求。他想抽一口煙，而且這是他活在世上最後抽的一口煙了。

對於這個要求，國王不願意說「不」，所以士兵就取出了他的打火匣，擦了三次火。一、二、三！於是三隻狗兒都出現了：一隻的眼睛有茶杯那麼大，一隻的眼睛有水車輪那麼大，還有一隻的眼睛簡直有圓塔那麼大。

「救救我，不要讓我被絞死！」士兵大叫。於是這幾隻狗兒就向法官和全體審判員撲去，拖著這個人的腿，咬著那個人的鼻子，把他們扔到空中，他們落下來時都跌得粉身碎骨。

「不可以這樣對付我！」國王說。不過最大的那隻狗還是捉住他和皇后，把他們跟其餘的人扔到空中。所有的士兵都害怕起來，圍觀的民眾也都叫起來：「勇敢的士兵，你是我們的國王，跟那位美麗的公主結婚吧！」

於是，大家就把士兵擁進國王的馬車裡去；那三隻狗兒就在他面前跳起舞來，同時高呼「萬歲」；男孩子們用手指吹起口哨，所有士兵舉起手敬禮。那位公主從銅宮走出來，而且當了皇后，這正是她所希望的。結婚典禮舉行了一個星期，那三隻狗也和其他人坐著用餐，把眼睛睜得大大的。

賞析／實現心願的打火匣

《打火匣》是安徒生兒時從《一千零一夜》的故事中所得到的靈感，故事中神奇的火口匣有如阿拉伯神燈一般，輕輕一擦便有狗兒跳出來為主人服務。

而如同傳統的冒險英雄一般，士兵藉著機智與勇氣得到了寶物和錢財，雖然差一點失去性命，但最後仍得到了他心愛的公主，當上國王。

除了趣味性十足，安徒生也藉著阿兵哥家產散盡時所嚐到的冷漠對待，來感嘆人世間的冷暖，讓讀者除了娛樂的性質之外，也能有些省思。

賣火柴的小女孩

The Little Match Girl

她曾經看到那麼美麗的景色，
她曾經那麼高興地跟著祖母去歡度新年了。

天氣冷的可怕。天空正下著雪，天色開始變黑了。這是今年的最後一夜——除夕夜。在這樣寒冷的黑夜中，有一個沒戴帽子又赤腳的窮苦小女孩在街上走著。是的，她離家的時候還穿著一雙拖鞋，但那有什麼用呢？那是一雙非常大的拖鞋，當小女孩匆忙地穿越街道時，正好有兩輛馬車飛奔過來，使得她的拖鞋掉落了。有一隻她怎麼也找不到，另一隻則被一個男孩撿走了。男孩還說，等他自己有孩子的時候，可以把它拿來當做搖籃。

現在這個小女孩只好赤著一雙腳走路，她的小腳已經凍得發紅發紫了。她的舊圍裙裡有許多火柴，手中還拿著一捆。這一整天沒有任何人向她買過一根火柴；沒有任何人給過她一個銅板。她又餓又凍地走著，看起來眞是悲哀。可憐的小女孩！雪花飄落在她金黃色的長髮上，它們捲曲地鋪散在她的肩膀上，看起來非常美麗。不過，她並沒有想到自己的美麗。所有的窗子都透出光來，街上飄著一股烤鵝肉的香味。她想起今天是除夕夜。

那兒有兩間房子，其中一間比另一間向街上突出一點，她就在這個牆角坐下來，身體縮成一團。她把她的小腳也縮進來，不過她感到更冷。她不敢回家，因爲她連一根火柴都沒有賣掉，一個銅板也沒賺到。她的父親會打她，而且家裡因爲屋頂的破洞也非常冷，雖然最大的裂縫已經用草和破布堵住，風還是會鑽進來。

她的一雙小手幾乎凍僵了。唉！哪怕一根火柴對她也是有好處的。只要她敢抽出一根來，在牆上擦一下，就可以暖暖雙手！她抽出了一根。哧！點燃了，火柴冒出火光來了！當她把雙手圍在上面的時候，它變成了一朵溫暖、光明的火焰，像一根小小的蠟燭。這是一根美麗的蠟燭！小女孩覺得自己像是坐在一個很大的鐵火爐旁一樣：它有光亮的黃銅把手和黃銅爐身。火燒得那麼美麗，那麼溫暖！哎呀，這是怎麼一回事？當小女孩伸出一隻腳想要取暖的時候，火焰就熄滅了！火爐也不見了。她坐在那兒，手中只有一根燒盡了的火柴。

她又擦了一根火柴。它點燃了，火光照在牆壁上，牆壁變得透明，像一片薄紗一樣；她可以看見房間裡的東西：桌上鋪著雪白的桌布，上面有精緻的瓷器，還有塡滿了梅子和蘋果、冒著香氣的烤鵝。更美妙的是：這隻鵝從盤子裡跳出來，背上插著刀叉，在地上蹣跚地走著，一直朝這個可憐的小女孩走來。這時火柴熄滅了，眼前只有一堵又厚又冷的牆。

她點了另一根火柴。現在她坐在一棵美麗的聖誕樹下。這棵聖誕樹比她去年在富商的玻璃門看到的那一棵還要大，裝飾得還要美。聖誕樹的綠枝上點燃著幾千支蠟燭；彩色的圖畫跟掛在櫥窗裡的那些一樣美麗，而且在向她眨眼。小女孩把兩隻手伸過去，火柴就熄滅了。聖誕蠟燭的火焰越升越高，她看到它們變成了閃閃發亮的星星。其中一顆星星掉落下來，在天空中劃出一道長長的光線。

「馬上有一個人要去世了。」小女孩說，因爲她的老祖母曾經說過：凡是有一顆星星墜落，就有一個靈魂升到上帝那裡。老祖母是唯一對她好的人，但是她已經去世了。

她又在牆上擦了一跟火柴。它把四周都照亮了；在這光亮中，老祖母出現了，她顯得那麼光明，那麼溫柔，那麼慈祥。

「祖母！」小女孩叫出聲來。「啊！請把我帶走！我知道，這火柴一熄滅，您就會，您就會像那個溫暖的火爐、那隻美麗的烤鵝、那棵華麗的大聖誕樹一樣消失！」於是她急忙把剩下的火柴都擦亮了，因爲她非常想把祖母留住。這些火柴發出強烈的光芒，照得比白天還要明亮。祖母從來沒有像這樣美麗和高大。她把小女孩抱起來摟在懷裡，她們在光明和快樂中飛走了，越飛越高，飛到沒有寒冷，沒有飢餓，沒有憂愁的地方——她們跟上帝在一起。

不過，在一個寒冷的清晨，這個小女孩卻坐在一個牆角裡，她的雙頰通紅，嘴唇發出微笑——她已經死了，在舊年的除夕夜凍死了。新年的早晨，太陽升起來了，照著她小小的屍體，她坐在那兒，手中拿著火柴，其中一捆幾乎都燒光了。

「她想把自己暖和一下！」人們說。沒有人知道，她曾經看到那麼美麗的景色，她曾經那麼高興地跟著祖母去歡度新年了。

賞析／觀賞心願的火柴

《賣火柴的小女孩》的寫作靈感來自於安徒生母親小時候的親身經歷，充分表達出安徒生對社會貧富差距懸殊的不滿和對窮苦孩子們的憐憫與同情。

由於出身寒微，安徒生能深深體會出無米可炊的悲慘，故事中賣火柴的小女孩如同社會中一個個流浪街頭賺取微薄費用的貧窮小孩一樣，有著令人鼻酸的命運。在天寒地凍的除夕夜晚，原本應是一家團聚享受美食的溫暖時光，小女孩卻得為了餬口而上街賣火柴。

飢餓與寒冷讓她點燃了一根根的火柴好換取短暫的溫暖，然而，小女孩最終還是凍死街頭，到了一個「永遠沒有飢餓、沒有寒冷和憂愁的天國去了」，這樣的安排彷彿象徵了唯有死亡才是她最後的解脫之道，也讓故事中瀰漫了悲傷、沈鬱的氣氛。

HONOR C
APPLETON 1910

國家圖書館出版品預行編目資料

安徒生童話 / 漢斯.安徒生(Hans Anderson)著；蔡佩雯譯. -- 二版. -- 臺中市：晨星出版有限公司, 2024.01

面；　公分. -- (愛藏本；123)

譯自：Hans Andersen's fairy tales

ISBN 978-626-320-745-5（平裝）

881.5596　　112021823

愛藏本123

安徒生童話

Hans Andersen's Fairy Tales

作　　者｜漢斯・安徒生（Hans Andersen）
繪　　者｜威廉・羅賓遜（William Robinson）、艾德納・哈特（Edna Hart）、
亞瑟・拉克姆（Arthur Rackham）
譯　　者｜蔡佩雯

責任編輯｜李迎華
封面設計｜鐘文君
美術編輯｜曾麗香
文字校潤｜李迎華

創 辦 人｜陳銘民
發 行 所｜晨星出版有限公司
台中市407工業區30路1號1樓
TEL：04-23595820　FAX：04-23550581
http://star.morningstar.com.tw
行政院新聞局局版台業字第2500號
法律顧問｜陳思成律師

讀者專線｜TEL：02-23672044 / 04-23595819#212
傳真專線｜FAX：02-23635741 / 04-23595493
讀者信箱｜service@morningstar.com.tw
網路書店｜http://www.morningstar.com.tw
郵政劃撥｜15060393（知己圖書股份有限公司）

初版日期｜2005年07月31日
二版日期｜2024年01月15日
ISBN｜978-626-320-745-5
定價｜新台幣300元

印　　刷｜上好印刷股份有限公司